LA DAMA DE LAS CAMELIAS

Austral Singular

ALEXANDRE DUMAS
LA DAMA DE LAS CAMELIAS

Traducción

Yara Trevethan Gaxiola

Título original: *La Dame aux camélias*

Fotografía de portada: iStock
Diseño de portada: Planeta Arte & Diseño / David López

Avenida Presidente Masarik núm. 111,
Piso 2, Polanco V Sección, Miguel Hidalgo
C.P. 11560, Ciudad de México
www.planetadelibros.com.mx

Primera edición impresa en México en Austral: septiembre de 2024
ISBN: 978-607-39-1606-6

Impreso en los talleres de Impresora Tauro, S.A. de C.V.
Av. Año de Juárez 343, Col. Granjas San Antonio,
Iztapalapa, C.P. 09070, Ciudad de México
Impreso en México - *Printed in Mexico*

Biografía

Alexandre Dumas (hijo) (París, 1824 - Marly-le-Roi 1895) novelista, ensayista y dramaturgo. Hijo natural del célebre autor de *Los tres mosqueteros* y *El conde de Montecristo*. Fue reconocido hasta los 17 años por su padre, quien le procuró la mejor educación posible y a partir de entonces comenzó su carrera literaria. Asiduo crítico de la sociedad de su tiempo, las obras de Dumas hijo retratan temas como las pasiones, las deudas económicas o la doble moral de la sociedad del siglo XIX. Asimismo, *El caso Clemenceu* o *El hijo natural* dan cuenta de la forma en que los aspectos autobiográficos eran un componente primordial en sus historias. En la época en que vivió en París, conoció a Marie Duplessis, mujer que inspiró *La dama de las camelias*. El impacto de esta novela fue tal, que la historia fue retomada por el famoso compositor Giuseppe Verdi en su célebre ópera *La Traviata*. El éxito de esta impulsó a Dumas a explorar su vena dramática y proseguir con su carrera como dramaturgo.

En 1874 Alexandre Dumas se convirtió en miembro de la Academia Francesa y en 1894 se le concedió la Legión de Honor otorgada por el gobierno francés. Dumas escribió más de diez novelas y obras teatrales.

Capítulo primero

En mi opinión, no pueden crearse personajes sino hasta que se ha estudiado a los hombres a profundidad, de la misma manera en la que no se puede hablar un idioma a menos que se haya aprendido con seriedad.

Como aún no he llegado a la edad en la que se puede inventar, me conformo con relatar.

Exhorto, pues, al lector a que se convenza de la realidad de esta historia, cuyos personajes, a excepción de la heroína, están todavía vivos.

Además, en París hay testigos de la mayoría de los eventos que aquí recojo y que podrían confirmarlos, en caso de que mi testimonio no bastara. Por alguna circunstancia en particular, solo yo podía escribirlos, porque fui el único confidente de los últimos detalles sin los cuales hubiera sido imposible hacer un recuento interesante y completo. Ahora bien, veamos cómo esos detalles llegaron a mi conocimiento.

El 12 de marzo de 1847, en la calle Laffitte leí un gran cartel amarillo en el que se anunciaba una subasta de muebles y varios objetos curiosos de valor. Dicha venta se realizaba tras un fallecimiento. El letrero no nombraba al difunto, solo que se llevaría a cabo en la calle d'Antin 9, el 16 de marzo, del mediodía a las cinco de la tarde.

El cartel también informaba que el departamento y los muebles podrían visitarse los días 13 y 14 de ese mes.

Siempre he sido aficionado de las curiosidades. Me prometí no dejar pasar la oportunidad, aunque no comprara, al menos iría a ver.

Al día siguiente, me dirigí a la calle d'Antin 9. Era temprano, no obstante, en el departamento había ya algunos caballeros e incluso damas que, aunque vestidas de terciopelo, cubiertas de cachemiras y con elegantes berlinas esperándolas a la puerta, miraban con asombro, incluso con admiración, el lujo que se desplegaba ante sus ojos.

Más tarde comprendí ese asombro y esa admiración porque, cuando yo también observé el lugar, advertí que, sin lugar a dudas, era el departamento de una cortesana. Si hay algo que las mujeres de mundo desean ver, y ahí había varias mujeres de alta sociedad, es la intimidad de estas damas cuyos carruajes salpican los suyos a diario; que, al igual que ellas, tienen palcos adyacentes en la Ópera y en la Comedia Italiana; y que exhiben en París la insolente opulencia de su belleza, de sus joyas y de sus escándalos.

Aquella en cuya casa me encontraba había fallecido: las mujeres más virtuosas podían, incluso, entrar en su recámara. La muerte había purificado el aire de esa espléndida cloaca, además, en caso de necesitarlo, tenían la excusa de haber venido a una subasta, sin saber en casa de quién estaban. Habían leído el cartel, quisieron ver con sus propios ojos lo que el letrero prometía y tener la oportunidad de elegir por anticipado, nada más sencillo. Eso no les impedía buscar, entre todas esas maravillas, los rastros de esta vida de cortesana de quien sin duda habían escuchado relatos insólitos.

Por desgracia, los misterios murieron con la diosa, y, pese a toda su buena voluntad, esas damas no hallaron más que lo que estaba en venta tras el fallecimiento, pero nada de lo que la inquilina vendía cuando estaba viva.

Por lo demás, había mucho que comprar. El mobiliario era magnífico: muebles de palo de rosa y de Boulle, jarrones de Sèvres y de porcelana china, estatuillas de Sajonia, rasos, terciopelos y encaje; no faltaba nada.

Recorrí el departamento y seguí a las nobles curiosas que llegaron antes que yo. Entraron a una habitación decorada con tela persa y me dispuse a entrar también; en ese momento ellas salieron casi de inmediato, sonriendo como si se avergonzaran de esta nueva curiosidad, haciendo que mi deseo de entrar a esa habitación fuera más apremiante. Era el *boudoir*, cuidado hasta en los más minuciosos detalles que, al parecer, la fallecida le había prodigado.

Sobre una gran mesa de tres pies de ancho y seis de largo adosada a la pared brillaban todos los tesoros de Aucoc y de Odiot.[1] Era una colección magnífica; ni uno solo de esos mil objetos, tan necesarios para el cuidado de una mujer como aquella en cuya casa nos encontrábamos, estaba fabricado con un metal que no fuera oro

1. Louis Aucoc fue uno de los principales joyeros y orfebres del Modernismo francés; Jean-Baptiste-Claude Odiot fue un platero y orfebre célebre por sus obras estilo Imperio y estilo Restauración. *[N. de la T.]*

o plata. Sin embargo, una colección como esa solo podía haberse conformado poco a poco, y no era un mismo amor quien la había completado.

Yo, que no me espantaba al ver el vestidor de una cortesana, me entretenía en examinar los detalles, cualesquiera que fuesen, y me di cuenta de que todos esos artefactos magníficamente labrados tenían símbolos variados y molduras diferentes.

Al mirar todos esos objetos, cada uno de los cuales me representaba una prostitución de la pobre chica, me dije que Dios había sido clemente con ella, porque no permitió que padeciera el castigo ordinario, y la dejó morir en su lujo y su belleza, antes de envejecer, que es la primera muerte de las cortesanas.

En efecto, ¿qué puede ser más triste que contemplar la vejez del vicio, sobre todo en la mujer? No supone dignidad alguna ni inspira ningún interés. Ese eterno arrepentimiento, no por el mal camino que habían tomado, sino por los cálculos mal hechos y el dinero mal empleado, es una de las cosas más tristes que se puedan escuchar. Conocí a una anciana de la vida galante a quien no le quedaba de su pasado más que una hija, casi tan bella como su madre, a decir de sus contemporáneos. Esa pobre niña —cuya madre jamás le dijo «eres mi hija» sino para ordenarle que la alimentara en su vejez, como ella lo había hecho en su infancia—, esa pobre criatura se llamaba Louise. Obedeciendo a su madre, se entregaba sin voluntad, sin pasión, sin placer, como si se dedicara a cualquier oficio, si alguien hubiera pensado en enseñarle uno.

El continuo espectáculo de la depravación, una depravación precoz alimentada por la condición enfermiza de esa chica, apagó en ella el discernimiento del bien y del mal que quizá Dios le hubiera otorgado, pero que a nadie se le ocurrió fomentar.

Siempre recordaré a esa joven que pasaba por los bulevares casi todos los días a la misma hora. Su madre la acompañaba sin cesar, con tanta frecuencia como una verdadera madre habría acompañado a su verdadera hija. En aquella época yo era muy joven y estaba dispuesto a aceptar la moral relajada de mi siglo. Sin embargo, recuerdo que esa vigilancia escandalosa me inspiraba desprecio y repugnancia.

A eso hay que agregar que jamás el rostro de una virgen suscitó tal sentimiento de inocencia, tal expresión de sufrimiento melancólico. Podría decirse que era la imagen de la resignación.

Un día, el rostro de esta chica se iluminó. En medio del libertinaje al que su madre se abandonaba, a la pecadora le pareció que Dios le permitía ser feliz. Después de todo, ¿por qué Dios, quien la creó débil, la dejaría sin consuelo bajo el doloroso peso de su vida? Así pues, un día se dio cuenta de que estaba encinta, y lo que en ella aún se conservaba de castidad se estremeció de felicidad. El alma cuenta con extraños refugios.

Louise corrió a anunciarle a su madre la noticia que la hacía tan feliz. Es vergonzoso decirlo; sin embargo, no hablamos aquí de inmoralidad por el placer, sino que relatamos un hecho real, que quizá haríamos mejor en callar, de no ser porque creemos que, en ocasiones, hay que revelar los martirios de esos seres que condenamos sin escucharlos, a quienes despreciamos sin conocerlos; es vergonzoso, repito, pero la madre le respondió a su hija que apenas tenían para dos y que no tendrían lo suficiente para tres; que esos hijos son inútiles y que un embarazo es una pérdida de tiempo.

Al día siguiente, una comadrona, a la que nos referiremos únicamente como amiga de la madre, visitó a Louise, quien permaneció unos días en cama y cuando al fin pudo levantarse estaba más pálida y más débil que antes.

Tres meses después, un hombre sintió compasión por ella y se abocó a su recuperación moral y física; sin embargo, esa última conmoción fue tan violenta que Louise murió a consecuencia del aborto.

La madre sigue con vida. ¿Cómo? Solo Dios lo sabe.

Recordé esta historia mientras contemplaba los estuches de plata, al parecer pasé bastante tiempo en estas reflexiones porque en el departamento ya no quedaba nadie además de mí y de un vigilante que, desde la puerta, observaba con atención que no me robara nada.

Me acerqué a este buen hombre, a quien le inspiraba tanto recelo.

—Señor —dije—, ¿podría decirme el nombre de la persona que vivía aquí?

—La señorita Marguerite Gautier.

Yo conocía a esa mujer de nombre y de vista.

—¡Cómo! —exclamé—. ¿Marguerite Gautier ha muerto?

—Sí, señor.

—¿Cuándo sucedió?

—Hace tres semanas, me parece.

—¿Y por qué se permite que visiten el departamento?

—Los acreedores pensaron que así podrían aumentar las pujas de la subasta. Las personas ven por anticipado el efecto que tienen las telas y los muebles; puede comprender que eso estimule la compra.

—Entonces, ¿tenía deudas?

—¡Oh, señor!, demasiadas.

—Pero, sin duda, la subasta las cubrirá, ¿cierto?

—Y sobrará.

—¿Y a manos de quién pasará el resto?

—A su familia.

—Entonces, ¿tiene una familia?

—Así parece.

—Gracias, señor.

Tranquilo ya en cuanto a mis intenciones, el vigilante se despidió de mí y me marché.

«¡Pobre chica!», me decía en el camino de vuelta a casa. «Debió tener una muerte muy triste, porque en su mundo los amigos no existen salvo cuando todo está bien». Muy a mi pesar, sentí lástima por la suerte de Marguerite Gautier.

A muchas personas podría parecerles ridículo, pero siento una indulgencia inagotable por las cortesanas, y no pienso tomarme la molestia de explicar el porqué.

Un día, de camino a la comisaría para recoger un pasaporte, vi en una de las calles adyacentes a dos gendarmes que se llevaban a una chica. Ignoro lo que habría hecho; lo único que puedo decir es que ella lloraba a lágrima viva y abrazaba a un bebé de pocos meses de quien la separaban debido al arresto. Desde ese día, nunca más he podido despreciar a una mujer a primera vista.

Capítulo II

La subasta se llevaría a cabo el día 16.

Se había dejado un día de intervalo entre las visitas al departamento y la puja para que los tapiceros tuvieran tiempo de retirar los tapices y las cortinas.

Por aquella época yo regresaba de un viaje. Era muy normal que no me hubieran informado de la muerte de Marguerite, como una de esas grandes novedades que los amigos cuentan siempre a quien regresa a la capital de las noticias. Marguerite era hermosa, pero así como la vida tumultuosa de esas mujeres da mucho de qué hablar, su muerte, por el contrario, no llama tanto la atención. Son de esos soles que se ponen como cuando salen: sin brillo. Cuando fallecen jóvenes, su muerte es conocida por todos sus amantes al mismo tiempo, porque en París casi todos los amantes de una chica popular se lo cuentan todo. Intercambian algunos recuerdos a propósito de ella, pero la vida de unos y otros continúa sin que ese incidente la perturbe siquiera con una lágrima.

En la actualidad, cuando uno tiene veinticinco años las lágrimas son algo tan escaso que no se pueden regalar a la primera advenediza. Es algo similar a los padres que pagan para que los lloren en proporción a lo que desembolsaron.

En lo que a mí respecta, aunque mis iniciales no se encontraran en ninguno de los objetos de tocador de Marguerite, esta indulgencia instintiva, esta compasión natural que acabo de confesar, me hacía pensar en su muerte con mayor frecuencia de lo que quizá ameritaba.

Recordaba haber visto a Marguerite a menudo en los Campos Elíseos, a donde acudía todos los días, en una pequeña berlina azul tirada por dos magníficos caballos bayos; advertí en ella una distinción poco común en sus semejantes, una elegancia que realzaba aún más su belleza en verdad excepcional.

Cuando salen, esas pobres criaturas siempre van acompañadas a saber de quién. Puesto que ningún hombre consiente exhibir públicamente a sus amores nocturnos, y que ellas le tienen horror a la soledad, se hacen acompañar, o de quienes, menos afortunadas, carecen de vehículo, o de algunas de esas viejas elegantes cuya elegancia carece de motivos y a quienes uno puede dirigirse sin temor cuando desea obtener detalles de la mujer a la que acompañan.

No era el caso de Marguerite. Ella llegaba en su coche siempre sola a los Campos Elíseos, donde intentaba pasar inadvertida, envuelta en un gran chal de cachemira durante el invierno y ataviada con vestidos muy sencillos en el verano. Cuando en el curso de uno de sus paseos favoritos se encontraba con muchos conocidos, si por casualidad les sonreía, su sonrisa solo era visible para ellos; una duquesa habría podido sonreír así.

No se paseaba desde la glorieta hasta la entrada de Campos Elíseos, como lo hacen y lo hacían todas sus compañeras, sino que sus dos caballos la conducían con rapidez al bosque.[2] Ahí bajaba de su vehículo, caminaba durante una hora, volvía a subir a su berlina y regresaba al trote de su atelaje.

Todas esas circunstancias de las que algunas veces fui testigo desfilaron ante mí, y me lamenté de la muerte de esa chica como duele la destrucción total de una bella obra de arte.

En efecto, era imposible presenciar una belleza más encantadora que la de Marguerite.

Alta y delgada hasta la exageración, poseía el arte supremo de hacer desaparecer ese descuido de la naturaleza gracias al simple arreglo del atuendo que portaba. Su chal de cachemira, que llegaba hasta el piso, dejaba escapar por ambos lados los largos volantes de un vestido de seda; y el grueso manguito que ocultaba sus manos y que ella apoyaba contra su pecho estaba rodeado de pliegues tan hábilmente dispuestos que ni la mirada más exigente tenía nada que objetar, por exigente que fuera, al contorno de sus líneas.

Su cabeza, una maravilla, era el objeto de una coquetería particular. Era muy pequeña y, como diría Musset, parecía que su madre se hubiera esmerado en hacerla así.

En un óvalo de gracia indescriptible, coloquemos dos ojos negros coronados por cejas de un arco tan puro que parecían pintadas; cubramos esos grandes ojos con un velo de largas pestañas que, al bajar, lanzaban una sombra sobre la tez rosada de sus mejillas; tracemos una nariz fina, recta, graciosa, cuyas fosas nasales están un poco abiertas debido a su ardiente aspiración hacia la vida sensual; dibujemos una boca re-

2. El Bosque de Boulogne, al oeste de París. *[N. de la T.]*

gular cuyos labios se abrían con elegancia sobre unos dientes blancos como la leche; coloreemos la piel con ese suave terciopelo que cubre los duraznos, que ninguna mano jamás ha tocado, y tendremos el conjunto de aquella encantadora cabeza.

El cabello negro azabache, ondulado natural o no, se abría sobre la frente en dos largas franjas que se perdían detrás de la cabeza, dejando al descubierto los lóbulos de las orejas en los que brillaban dos diamantes valuados en cuatro a cinco mil francos cada uno.

¿Cómo era posible que la vida ardiente de Marguerite no mermara la expresión virginal, incluso infantil, del rostro que la caracterizaba? Es algo que nos vemos obligados a admitir sin comprenderlo.

Marguerite tenía un maravilloso retrato suyo hecho por Vidal, el único hombre cuyo lápiz era capaz de reproducirla. Tras su muerte, tuve ese retrato durante algunos días a mi disposición, cuyo asombroso parecido me ha servido para ofrecer la información para la cual mi memoria no hubiera sido suficiente.

Algunos de los detalles de este capítulo llegaron a mi conocimiento solo tiempo después; pero los escribo en este momento para no tener que volver a ellos cuando comience la anécdota sobre esta mujer.

Marguerite asistía a todos los estrenos y pasaba todas las noches en espectáculos o algún baile. Cada vez que representaban una nueva obra de teatro era seguro verla ahí, con tres cosas de las que jamás se separaba y que siempre ocupaban la balaustrada de su palco en la primera planta: sus gemelos, una bolsita de caramelos y un ramillete de camelias.

Durante veinticinco días del mes las camelias eran blancas, y los cinco restantes eran rojas; nunca supimos la razón de esta variedad de colores, que menciono sin poder explicarla, y que los asiduos a los teatros a los que ella asistía con mayor frecuencia y sus amigos habían advertido, al igual que yo.

Jamás habíamos visto a Marguerite con otras flores que no fueran camelias. Tanto era así que en casa de la señora Barjon, su florista, acabaron por llamarla la dama de las camelias y ese apodo se le quedó.

Además, al igual que todos aquellos que vivían en ciertos ambientes parisinos, sabía que Marguerite había sido la amante de los jóvenes más elegantes; lo decía abiertamente y ellos se vanagloriaban, una prueba de que amantes y querida estaban contentos unos con otros.

No obstante, desde hacía unos tres años, tras un viaje a Bagnères, se decía que solo vivía con un viejo duque extranjero inmensamente rico, que había intentado alejarla lo más posible de su vida pasada, a lo que ella parecía haber accedido de buen grado. A este respecto, me contaron lo siguiente.

En la primavera de 1842, Marguerite estaba tan débil, tan cambiada, que los médicos le recomendaron las aguas, y ella fue a Bagnères. Ahí, entre los enfermos, conoció a la hija de ese duque, quien no solo padecía la misma enfermedad, sino que también tenía el mismo rostro que Marguerite, al grado de que se les hubiera podido considerar hermanas. Solo que la joven duquesa sufría de tisis en tercer grado y sucumbió apenas tres días después de la llegada de Marguerite.

Una mañana, el duque, quien había permanecido en Bagnères como quien se queda en el suelo que sepulta una parte de su corazón, atisbó a Marguerite al doblar en un sendero.

Le pareció ver pasar la sombra de su hija y, dirigiéndose a ella, la tomó de las manos, la besó entre lágrimas y, sin preguntarle quién era, le imploró permiso para verla y amar en ella la imagen viva de su hija fallecida.

Sola en Bagnères con su doncella y sin temor alguno de comprometerse, Marguerite le concedió al duque lo que le pedía.

En Bagnères había personas que la conocían y que previnieron al duque oficialmente de cuál era la verdadera situación de la señorita Gautier. Fue un duro golpe para el viejo, ya que ahí acababa el parecido con su hija, pero era demasiado tarde. La joven se había vuelto necesaria en su corazón y su único motivo para seguir viviendo.

No le hizo reproche alguno; no tenía derecho a hacerlo; no obstante, le preguntó si se sentía capaz de cambiar su vida; ofreciéndole a cambio de ese sacrificio todas las compensaciones que ella hubiera podido desear. Ella se lo prometió.

Cabe aclarar que, en aquella época, a pesar de su naturaleza entusiasta, Marguerite estaba enferma. El pasado se mostraba ante ella como una de las causas principales de su padecimiento y una suerte de superstición le hizo esperar que Dios no la despojara de la belleza ni de la salud, a cambio de su arrepentimiento y su transformación.

En efecto, para finales del verano las aguas, los paseos, la debilidad natural y el reposo la habían restablecido un poco.

El duque acompañó a Marguerite a París, donde siguió visitándola como lo hacía en Bagnères.

Esa relación, cuyo verdadero origen y motivo nos era desconocido, provocó una gran impresión aquí, puesto que el duque, conocido por su gran fortuna, ahora se daba a conocer por su prodigalidad.

La relación entre el viejo duque y la joven se atribuyó al libertinaje, frecuente en los ancianos. Hubo toda clase de suposiciones, salvo la verdadera. Sin embargo, el sentimiento que ese padre le profesaba a Marguerite parecía tan casto que cualquier otra relación con ella que no fuera de corazón le habría parecido un incesto, y jamás profirió una sola palabra que su hija no hubiera podido escuchar.

Lejos de nosotros la idea de hacer de nuestra heroína algo más de lo que en realidad era. Diremos pues que, en tanto estuvo en Bagnères, la promesa que le hizo al duque no fue difícil de cumplir y la llevó a cabo; pero que una vez de regreso en París, a esta joven acostumbrada a la vida disipada, a los bailes, incluso a las orgías, le pareció que su soledad, alterada únicamente por las visitas periódicas del duque, la mataba de aburrimiento, y el anhelo ardiente de su vida anterior le pesaba tanto en la mente como en el corazón.

A ello hay que agregar que Marguerite había regresado de ese viaje más bella que nunca; tenía veinte años y la enfermedad latente, no vencida por completo, seguía provocando en ella deseos febriles que casi siempre son resultado de las afecciones del pecho.

El duque sintió una gran pena el día en que sus amigos —siempre al acecho de un escándalo de parte de la joven con la que, a decir de ellos, se estaba comprometiendo— le dijeron y le demostraron que en cuanto ella estaba segura de que no lo vería a él, recibía invitados y que dichas visitas a menudo se prolongaban hasta el día siguiente.

Al interrogarla, Marguerite le confesó todo al duque y le aconsejó, sin segundas intenciones, que dejara de ocuparse de ella, puesto que ya no tenía la fuerza de honrar los compromisos adquiridos y no quería seguir recibiendo las larguezas de un hombre a quien estaba engañando.

El duque permaneció alejado ocho días, fue todo lo que pudo hacer y, al octavo día, llegó a suplicarle a Marguerite que lo admitiera de nuevo, prometiéndole que la aceptaría tal como ella era, siempre y cuando pudiera verla; asimismo, le juró que moriría antes de hacerle algún reproche.

Esta era la situación tres meses después de que Marguerite regresara; es decir, en noviembre o diciembre de 1842.

Capítulo III

El día 16, a la una de la tarde, me dirigí hacia la calle d'Antin.

Desde la puerta de la cochera se escuchaban los gritos de los subastadores. El departamento estaba abarrotado de curiosos.

Ahí se encontraban todas las celebridades del vicio elegante, examinadas con disimulo por las grandes damas que habían aprovechado una vez más el pretexto de la subasta para tener derecho a ver de cerca a las mujeres con las que jamás tendrían oportunidad de encontrarse, y de quienes quizá envidiaban en secreto los placeres fáciles.

La duquesa de F. se codeaba con la señorita A., una de las muestras más tristes de nuestras cortesanas modernas. La marquesa de T. dudaba en comprar un mueble por el que pujaba la señora D., la mujer adúltera más elegante y conocida de nuestra época. El duque de Y. —que en Madrid piensan que se gasta una fortuna en París, y en París, que se arruina en Madrid, y quien, a fin de cuentas, no gasta ni siquiera sus ingresos—, charla con la señora M., una de nuestras cuentistas más ingeniosas, quien, en ocasiones, se digna a escribir lo que dice y a firmar lo que escribe, intercambiaban miradas confidenciales con la señora de N., esa belleza que se pasea por los Campos Elíseos casi siempre vestida de rosa o de azul y de cuyo carruaje tiran dos enormes caballos negros que Tony le vendió por diez mil francos… y que ella le pagó. Por último, la señorita R., quien por su solo talento gana el doble que las mujeres de mundo con su dote, y el triple que las otras con sus amoríos; a pesar del frío había venido a hacer algunas compras; sin duda, no era ella a la que menos miraban.

Podríamos seguir citando las iniciales de muchas de las personas que estaban reunidas en ese salón, bastante asombradas de encontrarse en el mismo lugar, pero no queremos cansar al lector.

Digamos solamente que todo el mundo estaba muy alegre y que entre todas aquellas mujeres que se encontraban ahí, muchas de ellas habían conocido a la muerta, pero no parecían acordarse de ella.

Las risas eran estridentes, los subastadores gritaban a todo pulmón, los comerciantes que habían invadido los bancos dispuestos frente a las mesas de la subasta intentaban en vano imponer silencio para hacer sus negocios con tranquilidad. Nunca hubo reunión tan variada y ruidosa como aquella.

Me deslicé con humildad en medio de aquel triste tumulto y recordé que se estaba llevando a cabo junto a la recámara donde había fallecido la pobre criatura cuyos muebles se subastaban para pagar sus deudas. Yo, que había venido a observar más que a comprar, miraba los rostros de los proveedores que organizaban la subasta y cuyas facciones resplandecían cada vez que un objeto alcanzaba un precio que no esperaban.

Personas honradas que habían especulado con la prostitución de esta mujer, que duplicaron su valor, que habían perseguido con papeles timbrados los últimos momentos de su vida y que venían, después de su muerte, a recoger los frutos de sus respetables cálculos, así como los intereses de su desvergonzado crédito.

¡Cuánta razón la de los antiguos que solo tenían un mismo Dios tanto para mercaderes como para ladrones!

Vestidos, cachemiras, joyas... todo se vendía con una rapidez increíble. Nada de aquello me convencía y seguí esperando.

De pronto, escuché un grito.

—¡Un tomo perfectamente encuadernado con cantos dorados, titulado *Manon Lescaut*! Tiene algo escrito en la primera página: diez francos.

—Doce —dijo una voz tras un largo silencio.

—Quince —decidí pujar.

¿Por qué? No lo sabía. Sin duda porque tenía algo escrito.

—Quince —repitió el subastador.

—¡Treinta! —exclamó el primer postor, con un tono que parecía desafiarme a continuar la puja.

Aquello se estaba convirtiendo en una lucha.

—¡Treinta y cinco! —grité en su mismo tono.

—Cuarenta.

—Cincuenta.

—Sesenta.

—Cien.

Confieso que si hubiera querido impresionarlos lo habría logrado sin problema, puesto que ante esta puja se hizo un gran silencio y todos me miraron para saber quién era ese hombre que parecía tan resuelto a poseer ese ejemplar.

Al parecer, el tono en el que pronuncié mi última palabra convenció a mi antagonista, quien prefirió abandonar un combate que solo sirvió para que yo pagara diez veces el precio de ese volumen. Con una inclinación, me dijo con mucha amabilidad, aunque un poco tarde:

—Me rindo, caballero.

Nadie dijo nada más y me adjudicaron el libro.

Puesto que temía obstinarme de nuevo por amor propio, lo que sin duda habría mermado mi bolsillo, di mi nombre, mandé apartar el volumen y bajé. Debí dar mucho que pensar a esa gente que, testigos de la escena, sin duda se preguntaban qué pretendía al venir a pagar cien francos por un libro que podía obtener en cualquier otro lugar por diez o quince francos a lo sumo.

Una hora después ya había mandado a buscar mi compra.

En la primera página, escrita con pluma en una caligrafía elegante, la dedicatoria del donante del libro. Dicha dedicatoria rezaba:

De Manon a Marguerite.
Humildad.

Estaba firmado: Armand Duval.

¿Qué significaba esa palabra: «Humildad»?

En opinión de este señor Armand Duval, ¿qué superioridad reconocía Manon a Marguerite: la del libertinaje o la del corazón?

La segunda interpretación era la más verosímil, ya que la primera no hubiera sido más que una franqueza impertinente que Marguerite no habría aceptado, pese a la opinión que tuviera de sí misma.

Volví a salir y no me preocupé más por ese libro, sino hasta por la noche, cuando ya me iba a acostar.

Desde luego, *Manon Lescaut* es una historia conmovedora que conozco al detalle; sin embargo, ahora que tengo el ejemplar en la mano, me sigue gustando. Lo abro y por centésima vez revivo con la heroína del abate Prévost, una heroína tan real que siento como si la hubiera conocido. En esas nuevas circunstancias, la comparación entre ella y Marguerite hacía que la lectura tuviera para mí un atractivo inesperado; a mi indulgencia se sumó la compasión, casi el amor por esta pobre chica a cuya herencia yo debía este libro. Es verdad que Manon murió en un desierto, pero en los brazos del hombre que la amaba con toda su alma. Una vez fallecida, le cavó una fosa, la roció de lágrimas y en ella sepultó a su amor. Por su parte, Marguerite, pecadora como Manon y quizá transformada igual que ella, murió en el seno de un lujo suntuoso, a juzgar por lo que yo había visto en el lecho de su pasado, pero también en medio del desierto del corazón, mucho más árido, mucho más vasto, mucho más despiadado que aquel donde Manon fue enterrada.

En efecto, como lo supe por algunos amigos bien informados sobre los últimos momentos de su vida, durante los dos meses que duró su lenta y dolorosa agonía, Marguerite no tuvo a su cabecera un auténtico consuelo.

Mi pensamiento se desvió de Manon y Marguerite hacia las que yo conocía y que veía que se encaminaban cantando hacia una muerte casi siempre invariable.

¡Pobres criaturas! Si amarlas es un error, lo menos que podemos hacer es compadecerlas. Nos apiadamos del ciego que nunca ha visto la luz del día, del sordo que nunca ha escuchado la melodía de la naturaleza, del mudo que nunca pudo dar voz a su alma y, so pretexto de un falso pudor, nos negamos a compadecer la ceguera del corazón, la sordera del alma, el silencio de la conciencia que enloquecen a la infortunada afligida y que, pese a sí misma, es incapaz de ver el bien, de escuchar al Señor y de hablar la lengua pura del amor y de la fe.

Hugo creó a Marion Delorme; Musset, a Bernerette; Dumas, a Fernande; los pensadores y poetas de todos los tiempos han ofrendado su misericordia a la cortesana; y alguna vez un gran hombre las rehabilitó con su amor e incluso con su apellido. Si insisto tanto en este punto es porque quizá muchos de los que van a leerme ya se han decidido a rechazar este libro, por temor a no ver en mi escrito más que una apología del vicio y la prostitución; y sin duda la edad del autor contribuye a motivar ese miedo. Desengáñense quienes piensen así y sigan leyendo, si ese era el único temor que los retenía.

Sencillamente estoy convencido de un principio: para la mujer que por su educación no aprendió el bien, Dios abre casi siempre dos caminos para que pueda volver a él; esos senderos son el dolor y el amor. Son arduos, y aquellas que los toman acaban con los pies ensangrentados y las manos desgarradas, pero al mismo tiempo dejan en las zarzas del camino los ornamentos del vicio y llegan a su destino con la desnudez que no provoca vergüenza frente al Señor.

Quienes se tropiezan con esas viajeras intrépidas deben apoyarlas y proclamar a los cuatro vientos que se han encontrado con ellas, ya que al hacerlo público, indican el camino.

No se trata simplemente de colocar a la entrada del camino de la vida dos letreros, uno con la inscripción «Ruta del bien» y el otro con la advertencia «Ruta del mal», ni de decir a quienes se presentan: «Elige». Como Cristo, hay que mostrar a quienes se han perdido en las inmediaciones los caminos que llevan de la segunda ruta a la primera; y, sobre todo, evitar que el inicio de estos senderos sea demasiado doloroso o que parezca infranqueable.

Ahí está el cristianismo, con su maravillosa parábola del hijo pródigo, para aconsejarnos la indulgencia y el perdón. Jesús rebosaba de amor por esas almas heridas por las pasiones de los hombres cuyas llagas amaba sanar, extrayendo de ellas el bálsamo que las curaría. De este modo, le decía a Magdalena: «Mucho te será perdonado, porque has amado mucho», sublime perdón que despertaría en ella una fe igual de sublime.

¿Por qué motivo seríamos nosotros más inflexibles que Cristo? ¿Por qué, al aferrarnos con obstinación a las opiniones de este mundo que se muestra despiadado para que se le considere fuerte, rechazaríamos con él a esas almas cubiertas de heridas ensangrentadas por las que, como la sangre infectada de un enfermo, se derrama el mal de su pasado, en espera de que una mano amiga las cure y les devuelva la convalecencia del corazón?

Me dirijo a mi generación, a aquellos para quienes las teorías de Voltaire, por suerte, dejaron de existir; a aquellos que, como yo, comprenden que desde hace quince años la humanidad está en uno de sus ímpetus más audaces. Hemos adquirido la ciencia del bien y del mal de una vez y para siempre; la fe se reconstruye, nos han devuelto el respeto por las cosas santas, y si bien el mundo no es por completo bueno, al menos es mejor. Los esfuerzos de todos los hombres inteligentes tienden hacia un mismo propósito, y todas las grandes voluntades se consagran al mismo principio: ¡seamos buenos, seamos jóvenes, seamos auténticos! El mal no es más que vanidad, tengamos el orgullo del bien y, sobre todo, no desesperemos. No despreciemos a la mujer que no es ni madre ni hermana ni hija ni esposa. No minimicemos la estima a la familia, la indulgencia al egoísmo. Puesto que en el cielo hay más alegría por el pecador arrepentido que por cien justos que jamás han pecado, esforcémonos en deleitar al cielo; él puede devolvérnoslo con creces. Dejemos en nuestro camino la caridad de nuestro perdón a quienes se han perdido en deseos terrenales y a quienes una esperanza divina puede salvar y, como dicen las ancianas cuando recomiendan un remedio casero: si no hace bien, tampoco hará daño.

Desde luego, puede parecer muy presuntuoso de mi parte deducir tan grandes resultados de un tema tan insignificante como el que trato; pero soy de los que creen que en lo insignificante está todo. El niño es pequeño y contiene al hombre, el cerebro es estrecho y alberga al pensamiento, el ojo no es más que un punto, pero abarca leguas.

Capítulo IV

Dos días después, la subasta terminó; de ella se obtuvieron ciento cincuenta mil francos. Los acreedores se repartieron las dos terceras partes y la familia, conformada por una hermana y un sobrino, heredó el resto.

La hermana abrió los ojos como platos cuando el hombre de negocios le escribió para decirle que había heredado cincuenta mil francos.

Hacía seis o siete años que esta joven no había visto a su hermana, quien un día desapareció sin que se supiera, ni por ella ni por otros, el menor detalle sobre su vida desde el momento de su ausencia.

Así pues, llegó a toda prisa a París y fue grande el asombro de quienes conocían a Marguerite cuando vieron que su única heredera era una campesina gorda y hermosa que, hasta ese día, jamás había salido de su pueblo.

Su fortuna estaba hecha de una vez, sin que siquiera supiera la procedencia de ese patrimonio inesperado.

Según me dijeron, regresó a su campiña, llevándose con ella una gran tristeza por la muerte de su hermana que, no obstante, le había compensado la inversión del viaje que acababa de hacer.

Empezaron a olvidarse todas estas circunstancias que pasaron de boca en boca por París, la ciudad natal del escándalo, y hasta yo mismo olvidaba poco a poco el papel que había desempeñado en estos acontecimientos, cuando un nuevo incidente me permitió conocer toda la vida de Marguerite y me enteré de detalles tan conmovedores que me dieron ganas de escribir esta historia, como lo hago ahora.

Hacía tres o cuatro días que el departamento, vacío ya de todos sus muebles subastados, estaba en renta, cuando una mañana tocaron a mi puerta.

Mi sirviente, o más bien mi portero que hacía las veces de sirviente, abrió la puerta y me llevó una tarjeta de presentación, diciéndome que la persona que se la había entregado deseaba hablar conmigo. Eché un vistazo a la tarjeta y leí dos palabras: Armand Duval.

Me puse a pensar dónde había escuchado antes ese nombre y recordé la primera hoja de *Manon Lescaut.*

¿Qué querría de mí la persona que le había regalado ese libro a Marguerite? Hice pasar de inmediato a quien me esperaba.

Vi a un hombre rubio, alto, pálido, vestido con un traje de viaje que parecía no haberse quitado en días; ni siquiera se tomó la molestia de cepillarlo al llegar a París, puesto que estaba cubierto de polvo.

Profundamente emocionado, el señor Duval no hizo ningún esfuerzo por esconder su emoción, y con lágrimas en los ojos y la voz temblorosa, me dijo:

—Señor, le ruego que me disculpe por esta visita y el estado de mi traje; pero, aparte de que entre jóvenes no nos molestamos mucho por esas cosas, tenía tantas ganas de verlo hoy que ni siquiera me tomé el tiempo de ir al hotel, donde envié mi equipaje, y me apresuré a venir a su casa, por miedo a no encontrarlo aunque todavía es temprano.

Rogué al señor Duval que tomara asiento frente a la chimenea. Eso hizo, sacando de su bolsillo un pañuelo con el que, por un momento, ocultó su rostro.

—Sin duda se estará preguntando —dijo con un suspiro triste— qué quiere este visitante desconocido, a esta hora, vestido de esta manera y llorando como lo hace. Simplemente vengo, señor, a pedirle un gran favor.

—Dígame, caballero, estoy a su entera disposición.

—¿Asistió a la subasta de Marguerite Gautier?

Aunque el joven había conseguido dominar su emoción un instante, al pronunciar ese nombre su turbación fue más fuerte que él y se vio obligado a cubrirse los ojos con las manos.

—Debo parecerle ridículo —agregó—. Discúlpeme una vez más y, créame, nunca olvidaré la paciencia con la que tuvo la gentileza de escucharme.

—Señor —respondí—, si el favor que, al parecer, estoy en condición de hacerle calmará un poco la pena que siente, dígame enseguida en qué puedo servirle; encontrará en mí a un hombre dichoso de complacerlo.

El dolor del señor Duval inspiraba simpatía y, a pesar mío, deseaba serle grato.

—¿Usted compró algo en la subasta de Marguerite? —preguntó.

—Sí, señor, un libro.

—¿*Manon Lescaut*?

—Exactamente.

—¿Posee aún ese libro?

—Está en mi recámara.

Al escuchar esta noticia, parecía que a Armand Duval le habían quitado un gran peso de encima y me agradeció como si ya hubiera empezado a hacerle el favor al guardar ese ejemplar.

Me levanté, fui a mi recámara por el libro y se lo entregué.

—Es este —dijo leyendo la dedicatoria de la primera página y hojeándolo—. Sí, este es —repitió, y dos gruesas lágrimas cayeron sobre las páginas.

—Pues bien, caballero —dijo alzando la cabeza sin tratar siquiera de ocultar que había llorado y que estaba a punto de volver a hacerlo—, ¿tiene mucho aprecio por este libro?

—¿Por qué lo pregunta, señor?

—Porque he venido a solicitarle que me lo ceda.

—Disculpe mi curiosidad —dije—, ¿fue usted quien se lo dio a Marguerite Gautier?

—Yo mismo.

—Entonces, este libro es suyo, caballero. Tómelo, me alegra poder devolvérselo.

—Pero —repuso el señor Duval avergonzado—, lo menos que puedo hacer es reembolsarle el precio que pagó por él.

—Permítame regalárselo. El precio de un solo volumen en una subasta semejante es una insignificancia; ni siquiera recuerdo cuánto pagué por él.

—Pagó cien francos.

—Es cierto —respondí avergonzado a mi vez—. ¿Cómo lo sabe?

—Muy simple: esperaba llegar a París a tiempo para la subasta de Marguerite y apenas pude llegar esta mañana. Quería a toda costa tener un objeto de ella y corrí hasta la casa del subastador para pedirle permiso de ver la lista de objetos vendidos y los nombres de los compradores. Vi que usted había comprado este ejemplar y decidí rogarle que me lo cediera, aunque el precio que pagó por él me hizo temer que usted también estuviera relacionado a este libro por algún recuerdo.

Al hablar así, era evidente que Armand temía que yo hubiera conocido a Marguerite como él la conoció.

Me apresuré a tranquilizarlo.

—Solo conocía de vista a la señorita Gautier —le dije—. Su muerte me causó la impresión que provoca siempre a un joven el fallecimiento de una joven hermosa a quien tuvo el placer de conocer. Quise comprar algo en la subasta y me obstiné en pujar por este volumen, no sé por qué, quizá por el placer de hacer enojar al señor que se empecinó en tenerlo y parecía disputarme su propiedad. Se lo repito, señor, este libro está a su disposición y le ruego, de nuevo, que lo acepte para que no lo obtenga de mí como yo lo adquirí del subastador, para que entre nosotros sea el compromiso de un entendimiento más largo y de relaciones más íntimas.

—Está bien, señor —me dijo Armand estrechándome la mano—, acepto, y le estaré eternamente agradecido.

Tenía ganas de interrogar a Armand sobre Marguerite, puesto que la dedicatoria del libro, el viaje del joven y su deseo de poseer este ejemplar despertaban mi curiosidad; pero temía que al interpelar a mi visitante pensara que rechacé su dinero únicamente para tener el derecho de inmiscuirme en sus asuntos.

Diría que adivinó mis deseos, porque agregó:

—¿Leyó el libro?

—Por completo.

—¿Qué le parecieron las dos líneas que escribí?

—Comprendí de inmediato que, a sus ojos, la pobre chica a quien usted regaló este volumen era alguien fuera de lo común, puesto que me resistía a considerar esas líneas como un cumplido banal.

—Y tenía razón, señor. Esa chica era un ángel. Tenga —me dijo—, lea esta carta.

Me tendió un pedazo de papel que al parecer había sido leído muchas veces. Lo abrí. Decía lo siguiente:

Mi querido Armand:

Recibí su carta y doy gracias a Dios de que usted está bien. Sí, amigo mío, estoy enferma. Padezco una de esas afecciones que no perdonan, pero el interés que muestra usted hacia mi persona disminuye mucho mi sufrimiento. Sin duda no viviré el tiempo suficiente para tener la alegría de estrechar la mano que escribió la amable carta que acabo de recibir y cuyas palabras me sanarían, si es que algo pudiera sanarme. No lo veré, porque estoy a un paso de la muerte y cientos de leguas lo separan de mí. ¡Pobre amigo mío! Su Marguerite de antaño ha cambiado mucho y quizá sea preferible que no vuelva a verla a que la vea en el estado en que se encuentra. ¿Me pide que lo perdone? ¡Oh!, con toda mi alma, amigo, porque el daño que usted quiso hacerme solo era una prueba del amor que sentía por mí. Hace un mes que guardo cama, y tengo su aprecio en tanta estima que cada día escribo el diario de mi vida, desde el momento en que nos separamos, hasta el instante en que ya no tenga fuerzas para escribirlo.

Si su interés en mí es verdadero, Armand, a su regreso vaya a casa de Julie Duprat. Ella le entregará ese diario. Ahí encontrará la explicación de lo que pasó entre nosotros. Julie ha sido muy buena conmigo; con frecuencia hablamos de usted. Ella estaba aquí cuando llegó su misiva y ambas lloramos al leerla.

En caso de que no tenga noticias suyas, ella tiene por encargo entregarle estos papeles a su llegada a Francia. No me lo agradezca. Pensar todos los días en los únicos momentos felices de mi vida me hace un bien enorme; y si usted encuentra en esta lectura la justificación del pasado, yo descubro un alivio continuo.

Quisiera dejarle algo para que siempre me tenga en su recuerdo; pero embargaron mi casa y ya nada me pertenece.

¿Me comprende, amigo mío? Voy a morir y desde mi recámara escucho al vigilante que enviaron mis acreedores para que nadie se lleve nada y que no me quede nada en caso de que yo no muera. Espero que aguarden hasta el final para subastar todo.

¡Oh, cuán despiadados son los hombres! No, me equivoco, es Dios el justo e inflexible.

Pues bien, querido amigo, usted vendrá a la subasta y comprará algo, porque si yo apartara para usted el más pequeño objeto y ellos lo supieran, serían capaces de denunciarlo por desvío de objetos incautados.

¡Qué triste es la vida que abandono!

¡Si tan solo Dios me permitiera volver a verlo antes de morir! Según todas las probabilidades, adiós, amigo mío; perdóneme que no le escriba una carta más larga, pero quienes dicen que me van a curar me agotan con sangrías y mi mano se niega a seguir escribiendo.

MARGUERITE GAUTIER

En efecto, esas últimas palabras apenas eran legibles.

Le devolví la carta a Armand, quien sin duda la había releído en su pensamiento al tiempo que yo la leí sobre el papel, porque al tomarla, me dijo:

—¡Quién hubiera creído que esto lo escribió una cortesana!

Absolutamente conmovido por sus recuerdos, contempló un rato la escritura de esta carta y acabó por llevársela a los labios.

—Cuando pienso que está muerta sin que yo haya podido volver a verla —continuó—, y que nunca más volveré a verla; cuando pienso que hizo por mí lo que una hermana no hubiera hecho, no me perdono haberla dejado morir así. ¡Muerta! ¡Muerta! Pensaba en mí cuando escribía y pronunciaba mi nombre... ¡Pobre Marguerite querida!

Dando libre curso a sus pensamientos y a sus lágrimas, Armand me estrechó la mano y continuó:

—Quien me viera lamentarme así por semejante muerta me consideraría infantil, lo que no sabrían es que hice sufrir a esta mujer, lo cruel que fui, lo buena y resignada que fue ella. Creí que era yo quien tenía que perdonarla, pero ahora me considero indigno del perdón que ella me otorga. ¡Oh!, daría diez años de mi vida por llorar una hora a sus pies.

Siempre es difícil consolar un dolor que no conocemos; sin embargo, sentía tan viva simpatía por este joven que con tanta franqueza me hacía el confidente de su pena, que creí que mis palabras no le resultarían indiferentes.

—¿No tiene ustedes parientes, amigos? Tenga confianza, vaya a verlos y ellos lo consolarán, lo más que yo puedo hacer es compadecerlo.

—Claro —dijo poniéndose de pie y recorriendo el salón a grandes zancadas—, lo aburro. Discúlpeme, no pensaba más que en mi dolor sin darme cuenta de que a usted no le importa y que lo estoy importunando con algo que no puede ni debe interesarle en lo más mínimo.

—Malinterpreta el sentido de mis palabras, estoy por completo a su disposición; es solo que lamento no poder apaciguar su pena. Si mi compañía y la de mis amigos pueden distraerlo, si me necesita para lo que sea, quiero que sepa que para mí será un placer poder ayudarlo.

—Perdón, perdón —me dijo—, el dolor exagera las sensaciones. Permítame quedarme unos minutos más, el tiempo necesario para enjugarme los ojos, para que los mirones de la calle no vean con curiosidad a este adulto llorón. Acaba de hacerme muy feliz dándome este libro, nunca sabré cómo agradecerle lo que le debo.

—Concediéndome un poco de su amistad —le respondí a Armand— y contándome la causa de su pena. Uno se consuela hablando de sus sufrimientos.

—Tiene razón; sin embargo, hoy tengo tal necesidad de llorar que solo le diría palabras sin sentido. Un día le relataré esta historia y usted verá si tengo razón para echar de menos a esta pobre chica. Ahora —agregó frotándose los ojos por última vez y mirándose en el espejo—, dígame que no le parezco excesivamente ingenuo y permítame volver a verlo.

La mirada de ese joven era bondadosa y dulce, incluso estuve a punto de abrazarlo.

En cuanto a él, sus ojos comenzaron de nuevo a nublarse de lágrimas; él se dio cuenta de que lo advertí y apartó la mirada.

—Vamos —dije—. Ánimo.

—Adiós —se despidió.

Haciendo un esfuerzo inaudito para no llorar, más que salir, huyó de mi casa.

Aparté la cortina de mi ventana y lo vi subir a un cabriolé que lo esperaba en la puerta; pero, en cuanto estuvo dentro, se deshizo en lágrimas y ocultó su rostro con un pañuelo.

Capítulo V

Pasó mucho tiempo sin que escuchara hablar de Armand; en cambio, con mucha frecuencia hubo ocasión de hablar de Marguerite.

No sé si lo habrán notado, pero basta que se pronuncie ante nosotros una sola vez el nombre de una persona que, al parecer, nos era desconocida o al menos indiferente, para que se agrupen poco a poco los detalles alrededor de ese nombre, y para que escuchemos a todos los amigos hablar de algo de lo que nunca antes se había conversado. Así, descubrimos que esa gente casi nos tocaba; nos damos cuenta de que pasaron muchas veces por nuestra vida sin que los advirtiéramos; encontraremos en los acontecimientos que nos cuentan una coincidencia y afinidad reales con ciertos eventos de nuestra propia existencia. Ese no era exactamente mi caso en cuanto a Marguerite, puesto que la había visto, me había encontrado con ella, conocía su rostro y sus costumbres; sin embargo, desde la subasta su nombre volvía con tanta frecuencia a mis oídos y, en las circunstancias que relaté en el capítulo anterior, su nombre se mezclaba con una pena tan profunda que mi asombro aumentó y mi curiosidad se hizo más intensa.

Como resultado, con mis amigos, con quienes jamás había hablado de Marguerite, ahora solo abordaba el asunto de la siguiente manera:

—¿Conocieron a Marguerite Gautier?

—¿La dama de las camelias?

—Exactamente.

—¡Mucho!

Ese «mucho» a veces iba acompañado de sonrisas cuyo significado no dejaba lugar a dudas.

—Y bien, ¿quién era esa mujer? —preguntaba yo.

—Era una buena chica.

—¿Eso es todo?

—¡Por Dios, sí! Quizá un poco más inteligente y con un poco más de corazón que las otras.

—¿Y no sabe nada en particular sobre ella?

—Llevó al barón de G. a la bancarrota.

—¿Y qué más?

—Fue la amante del viejo duque de...

—¿En verdad era su amante?

—Eso dicen. En todo caso, él le daba mucho dinero.

Siempre las mismas generalidades. Sin embargo; sentía curiosidad por saber algo sobre la relación de Marguerite y Armand.

Un día me encontré con uno de los hombres que viven a toda hora en la intimidad de las mujeres populares y lo interrogué.

—¿Conoció a Marguerite Gautier?

Me respondió con el mismo «mucho» de siempre.

—¿Qué tipo de chica era?

—Una chica bella y buena. Su muerte me apenó mucho.

—¿No era amante de un tal Armand Duval?

—¿Un rubio, alto?

—Sí.

—Es cierto.

—¿Cómo era ese Armand?

—Un chico que compartió con ella lo poco que tenía, creo, y que se vio obligado a abandonarla. Decían que estaba loco por ella.

—¿Y ella?

—Por lo que se dice, ella también lo amaba mucho, aunque como suelen amar esas chicas. No hay que pedirles más de lo que pueden dar.

—¿Qué sucedió con Armand?

—Lo ignoro. Lo conocimos muy poco. Estuvo con Marguerite como cinco o seis meses, en el campo. Cuando ella regresó, él se marchó.

—¿Y no lo ha visto desde entonces?

—Jamás.

Yo tampoco había vuelto a ver a Armand. Incluso llegué a preguntarme si, cuando se presentó en mi casa, la noticia reciente del fallecimiento de Marguerite no había exagerado su amor de antaño y, en consecuencia, su dolor; y me decía que quizá, con la muerte, había olvidado la promesa que hizo de regresar a verme.

Esta suposición hubiera sido bastante verosímil tratándose de otra persona, pero la desesperación de Armand fue tan sincera y, pasando de un extremo a otro, imaginé que su pena se había transformado en enfermedad; y que si no tenía noticias de él se debía a que estaba enfermo o quizá muerto.

No podía dejar de interesarme en aquel hombre. Es posible que hubiera algo de egoísmo en ese interés; quizá en ese dolor advertí una conmovedora historia de amor o tal vez mi deseo de conocerla se debía en gran parte a la preocupación que me suscitaba el silencio de Armand.

Puesto que el señor Duval no se presentó en mi casa, decidí ir a la suya. No fue difícil encontrar un pretexto; por desgracia, no conocía su dirección y, de todas las personas a las que interrogué, nadie pudo decírmela.

Me dirigí a la calle d'Antin. Era posible que el portero de Marguerite supiera dónde vivía Armand. El portero era nuevo y, al igual que yo, ignoraba dónde vivía el señor Duval. Pregunté entonces por el cementerio en el que habían enterrado a la señorita Gautier, era el cementerio de Montmartre.

Abril había llegado y el clima era bueno, las tumbas ya no tendrían ese aspecto doloroso y desolado que les daba el invierno; al menos hacía ya bastante calor como para que los vivos recordaran a los muertos y los visitaran. Me dirigí al cementerio mientras me decía: «Con solo ver la tumba de Marguerite sabré si el dolor de Armand aún es vigente, y quizá me entere de qué ha sido de él».

Entré a la cabina del vigilante y le pregunté si el 22 de febrero habían enterrado en el cementerio de Montmartre a una mujer llamada Marguerite Gautier.

El hombre hojeó un libro grueso en el que están registrados y numerados todos los que entran en esa última morada y me respondió que, en efecto, el 22 de febrero al mediodía se inhumó a una mujer con ese nombre.

Le rogué que me llevara a la tumba, pues sin un guía es imposible orientarse en esa ciudad de muertos, que cuenta con calles como la ciudad de los vivos. El vigilante llamó a un jardinero y empezó a darle las indicaciones necesarias.

—Ya sé, ya sé... —interrumpió el jardinero—. La tumba es muy fácil de reconocer —continuó dirigiéndose a mí.

—¿Por qué? —pregunté.

—Porque tiene flores muy diferentes a las otras.

—¿Usted es quien la cuida?

—Sí, señor, y ya quisiera que todos los familiares se preocuparan por sus difuntos como lo hace el joven que me encargó esta.

Después de dar algunas vueltas, el jardinero se detuvo.

—Ya llegamos —me dijo.

En efecto, ante mis ojos había un cuadrado de flores que jamás hubiera considerado una tumba, de no ser porque una lápida de mármol blanco llevaba un nombre inscrito para confirmarlo.

El mármol se erguía vertical, un enrejado de hierro limitaba el terreno comprado y la parcela estaba cubierta de camelias blancas.

—¿Qué le parece? —preguntó el jardinero.

—Es muy bello.

—Y cada vez que una camelia se marchita, tengo la orden de reemplazarla.

—¿Quién le dio esa orden?

—Un joven que lloró mucho la primera vez que vino; sin duda un antiguo amante de la difunta, porque al parecer era una mujer de pocos escrúpulos. Dicen que era muy bella. ¿El señor la conoció?

—Sí.

—¿Como el otro? —preguntó el jardinero con una sonrisa maliciosa.

—No, nunca hablé con ella.

—Y viene a verla aquí; es muy amable de su parte, porque los que vienen a ver a esta pobre chica no saturan el cementerio.

—Entonces, ¿nadie viene?

—Nadie, salvo ese joven que vino una vez.

—¿Una sola?

—Sí, señor.

—¿No ha vuelto desde entonces?

—No, pero vendrá cuando regrese.

—Entonces, ¿está de viaje?

—Sí.

—¿Y sabe dónde está?

—Me parece que en casa de la hermana de la señorita Gautier.

—¿Y qué hace ahí?

—Fue a pedirle su autorización para exhumar a la muerta y llevarla a otro lugar.

—¿Por qué no la deja aquí?

—Ya sabe, señor, las ocurrencias que se tienen con los muertos. Nosotros vemos estas cosas todos los días. Esta parcela se compró solo por cinco años, y ese joven desea una concesión a perpetuidad y un terreno más grande; lo mejor será hacerlo en la parte nueva.

—¿A qué llama usted la parte nueva?

—A los nuevos terrenos que están vendiendo ahora, a la izquierda. Si hubieran cuidado el cementerio como lo hacen ahora, no habría otro igual en el mundo; pero aún queda mucho por hacer antes de que todo quede como es debido. Y bueno, la gente es muy rara.

—¿A qué se refiere?

—Quiero decir que hay personas que son orgullosas incluso aquí. Parece que esta señorita Gautier ha disfrutado un poco la vida, si me perdona la expresión. Ahora, la pobre mujer está muerta, igual que todas las otras de quienes no hay nada que decir y cuyas flores también regamos todos los días; pues bien, cuando los familiares de esas personas que están enterradas al lado de ella se enteraron de quién era, ¿me creerá que dijeron que se oponían a que la pusieran aquí y que debería haber terrenos separados, tanto para esta clase de mujeres como para los pobres? ¡Habrase visto! Conozco bien a esa gente: rentistas ricos que no vienen más que cuatro veces al año a visitar a sus difuntos, que traen las flores ellos mismos, ¡y qué flores!, que se interesan por conservar a quienes dicen llorar, que escriben sobre sus tumbas las lágrimas que jamás derramaron y que solo representan problemas para el entorno. No me crea si no quiere, señor, pero yo no conocía a esta señorita ni sé qué hizo; sin embargo, me he encariñado con esta pobrecita, la cuido y le pongo las camelias al precio justo. Es mi muerta preferida. Mire usted, señor, nosotros estamos obligados a amar a los muertos, puesto que estamos tan ocupados que casi no tenemos tiempo para amar otra cosa.

Yo miraba a ese hombre; algunos de mis lectores comprenderán, sin que tenga necesidad de explicarlo, la emoción que sentía al escucharlo.

Sin duda se dio cuenta, puesto que continuó:

—Dicen que algunas personas se fueron a bancarrota por esta chica, y que tenía amantes que la adoraban; pues bien, cuando pienso que ni uno solo de ellos ha venido a traerle aunque sea una flor, me parece curioso y triste. Al menos ella no puede quejarse: tiene su tumba y, aunque solo haya una persona que se acuerde de ella, también lo hace en nombre de los demás. Sin embargo, aquí tenemos a otras pobres chicas del mismo tipo y la misma edad a las que avientan a la fosa común, y me parte el corazón cuando oigo caer sus pobres cuerpos en la tierra. Una vez muertas, ¡nadie se ocupa de ellas! No siempre es alegre nuestro oficio, sobre todo cuando nos queda un poco de corazón. ¿Qué quiere usted?, es más fuerte que yo. Tengo a una hermosa nieta de veinte años, y cuando traen aquí a una muerta de su edad, pienso en ella; aunque sea una gran dama o una vagabunda, no puedo evitar sentirme conmovido.

»Pero sin duda lo estoy aburriendo con mis historias, y no estamos aquí para eso. Me dijeron que debía llevarlo a la tumba de la señorita Gautier, aquí estamos; ¿le puedo ayudar en otra cosa?

—¿Conoce la dirección del señor Armand Duval? —le pregunté al hombre.

—Sí, vive en la calle de... al menos es ahí donde fui a recoger el dinero de las flores que ve aquí.

—Gracias, amigo.

Eché un último vistazo a esa tumba llena de flores cuyas profundidades, a pesar de mí, deseaba sondear para ver lo que la tierra había hecho con esa hermosa criatura que habían lanzado ahí, y me alejé profundamente triste.

—¿Quiere usted ver al señor Duval? —preguntó el jardinero que caminaba a mi lado.

—Sí.

—Estoy seguro de que aún no ha regresado; de lo contrario, ya lo habría visto aquí.

—Entonces, ¿está convencido de que no ha olvidado a Marguerite?

—No solo estoy convencido; apostaría que su deseo de cambiarla de tumba no es más que el deseo de volver a verla.

—¿Es decir?

—Lo primero que me dijo cuando vino al cementerio fue: «¿Qué puedo hacer para volver a verla?». La única manera de que eso sucediera era cambiarla de tumba y le informé sobre todos los requisitos que debía cumplir para obtener ese cambio; como usted sabe, para transferir a los muertos de una tumba a otra hay que identificarlos, y solo la familia puede autorizar esta operación ante el comisario de policía. Para conseguir esa autorización, el señor Duval fue a casa de la hermana de la señorita Gautier y, obviamente, nosotros seremos su primera visita.

Habíamos llegado a la puerta del cementerio; le agradecí al jardinero de nuevo, poniéndole unas monedas en la mano y me dirigí a la dirección que me había dado.

Armand no había vuelto.

Dejé un mensaje en su casa en el que le suplicaba que fuera a verme en cuanto llegara o que me informara dónde podría encontrarlo.

A la mañana siguiente recibí una carta del señor Duval en la que me comunicaba su regreso y me rogaba que fuera a su casa, explicando que estaba exhausto y que le era imposible salir.

Capítulo VI

Encontré a Armand en su cama.

Al verme, me tendió su mano ardiente.

—Tiene fiebre —le dije.

—No es nada, la fatiga de un viaje rápido, eso es todo.

—¿Fue a la casa de la hermana de Marguerite?

—Sí, ¿quién se lo dijo?

—Lo sé. ¿Obtuvo lo que quería?

—También. Pero, ¿quién le informó del viaje y del propósito que tenía al hacerlo?

—El jardinero del cementerio.

—¿Vio la tumba?

Apenas me atreví a responder, puesto que el tono de esa frase me demostraba que quien la había formulado seguía siendo presa de la emoción de la que fui testigo, y que cada vez que su pensamiento o la palabra de otra persona le recordaba ese doloroso tema, durante largo tiempo esa emoción traicionaba su voluntad.

Me limité, pues, a responder con una inclinación de cabeza.

—¿La han cuidado bien? —preguntó Armand.

Dos gruesas lágrimas rodaron por las mejillas del enfermo, quien apartó el rostro para ocultarlo de mí. Fingí no darme cuenta y traté de cambiar la conversación.

—¿Hace ya tres semanas que se marchó? —le pregunté.

Armand pasó una mano por sus ojos y respondió:

—Tres semanas exactas.

—Su viaje fue largo.

—¡Oh! No estuve viajando todo el tiempo, estuve quince días enfermo; de lo contrario, hubiera regresado mucho antes. Sin embargo, en cuanto llegué allá la fiebre se apoderó de mí y me vi obligado a guardar cama.

—¿Y volvió sin restablecerse por completo?

—Si me hubiera quedado ocho días más en ese pueblo, habría muerto.

—Pero ahora que está de regreso debe cuidarse; sus amigos vendrán a verlo. Yo el primero, si me lo permite.

—En dos horas estaré de pie.

—¡Qué imprudencia!

—Es preciso.

—¿Qué tiene que hacer que sea tan apremiante?

—Tengo que ir a ver al comisario de policía.

—¿Por qué no le encarga a alguien más esa misión que podría empeorar aún más su condición?

—Es lo único que puede curarme. Tengo que verla. No he podido dormir desde que supe de su fallecimiento, sobre todo desde que vi su tumba. No puedo imaginar que esa mujer a la que abandoné, tan joven y tan bella, esté muerta. Tengo que cerciorarme por mí mismo, tengo que ver lo que Dios ha hecho de ese ser al que tanto amé y quizá la repugnancia del espectáculo reemplazará la desesperación del recuerdo; usted me acompañará, ¿cierto...? Si no le molesta demasiado.

—¿Qué le dijo su hermana?

—Nada. Pareció muy sorprendida de que un desconocido quisiera comprar una parcela y erigir una tumba para Marguerite, y de inmediato firmó la autorización que le pedí.

—Espere a estar bien restablecido para hacer ese traslado, hágame caso.

—¡Oh! Seré fuerte, no se preocupe. Además, me volvería loco si no acabo lo más pronto posible con esta resolución, cuyo cumplimiento se ha convertido en una necesidad de mi dolor. Le juro que no podré estar tranquilo sino hasta que haya visto a Marguerite. Quizá sea una sed de la fiebre que me abrasa, un sueño de mis insomnios, un resultado de mi delirio, pero aun si después de verla debo convertirme en trapense, como el señor de Rancé,[3] la veré.

—Lo comprendo —le dije a Armand—, y soy todo suyo. ¿Ha visto a Julie Duprat?

—Sí. ¡Oh!, la vi el mismo día que regresé la primera vez.

—¿Le dio ella los papeles que Marguerite dejó para usted?

—Aquí están.

Armand sacó un fajo de papeles de debajo de su almohada y volvió a guardarlo de inmediato.

—Conozco de memoria lo que dicen esos documentos —me dijo—. Llevo tres semanas releyéndolos

3. Armand Jean Le Bouthillier de Rancé fue uno de los precursores de la Orden Cisterciense de la Estricta Observancia, fundada en 1892. *[N. de la T.]*

diez veces al día. Usted también los leerá, pero más tarde, cuando yo esté más tranquilo y pueda hacerle comprender todo el amor y el corazón que revela esta confesión. Por el momento, tengo un favor que solicitarle.

—¿Cuál?

—¿Su coche lo espera abajo?

—Sí.

—Pues bien, ¿sería tan amable de tomar mi pasaporte y preguntar en correos si tienen cartas para mí? Mi padre y mi hermana me habrán escrito a París, y me marché con tal precipitación que no me tomé el tiempo de avisarles de mi partida. Cuando vuelva, iremos juntos a informar al comisario de policía sobre la ceremonia de mañana.

Armand me dio su pasaporte y yo me dirigí a la calle Jean-Jacques-Rousseau.

Había dos cartas a nombre de Duval, las tomé y regresé.

Cuando llegué, Armand estaba vestido y dispuesto a salir.

—Gracias —me dijo tomando las cartas—. Sí —agregó después de leer los remitentes—, sí, son de mi padre y de mi hermana. Seguramente no entendieron la razón de mi silencio.

Abrió las cartas y, más que leerlas, las adivinó, puesto que cada una constaba de cuatro páginas y, al cabo de un instante, ya las había doblado.

—¡Vámonos! —me dijo—. Las contestaré mañana.

Fuimos a ver al comisario de policía, a quien Armand entregó la carta poder de la hermana de Marguerite.

El comisario le dio a su vez una carta de aviso para el vigilante del cementerio; se convino que el traslado se llevaría a cabo al día siguiente, a las diez de la mañana, y que yo iría a buscarlo una hora antes para irnos juntos al cementerio.

Yo también tenía curiosidad de asistir a ese espectáculo, y confieso que no dormí en toda la noche.

A juzgar por los pensamientos que me asaltaron, para Armand debió ser una noche muy larga.

Cuando al día siguiente, a las nueve, entré a su casa, él estaba terriblemente pálido, pero parecía tranquilo.

Me sonrió y me tendió la mano.

Las velas estaban por completo consumidas y, antes de salir, Armand tomó una carta muy gruesa, dirigida a su padre y sin duda confidente, sobre sus impresiones de aquella noche.

Media hora después llegamos a Montmartre.

El comisario ya nos esperaba.

Avanzamos lentamente en dirección de la tumba de Marguerite. El comisario iba al frente, y Armand y yo lo seguíamos a unos pasos.

De cuando en cuando, sentía que el brazo de mi compañero se estremecía de forma convulsiva, como si un escalofrío recorriera de pronto su cuerpo. En esos momentos yo lo observaba; él entendía mi mirada y me sonreía; desde que habíamos salido de su casa no habíamos intercambiado palabra.

Un poco antes de llegar a la tumba, Armand se detuvo para enjugarse el rostro inundado de gruesas gotas de sudor.

Yo aproveché esa pausa para respirar, puesto que yo también sentía que se me estrujaba el corazón.

¿De dónde proviene ese doloroso placer que experimentamos ante este tipo de espectáculos? Cuando llegamos a la tumba, el jardinero ya había retirado todas las macetas y el enrejado de hierro, y dos hombres cavaban.

Armand se apoyó contra un árbol y observó. Toda su vida parecía pasar frente a sus ojos. De pronto, uno de los dos picos golpeó contra una piedra. Al escuchar ese ruido, Armand retrocedió como si hubiera recibido un choque eléctrico y me apretó la mano con tal fuerza que me lastimó.

Un sepulturero tomó una pala ancha y vació poco a poco la fosa; después, cuando no quedaron más que las piedras que cubrían el ataúd, las sacó una por una.

Yo observaba a Armand porque temía que en cualquier momento sus emociones, visiblemente contenidas, lo destrozaran; pero él no dejaba de mirar, con los ojos fijos y bien abiertos, como en un acceso de locura, y solo un ligero temblor de las mejillas y los labios demostraba que era presa de una violenta crisis nerviosa.

En lo que a mí respecta, solo puedo decir una cosa: lamentaba haber venido.

Cuando el féretro quedó descubierto por completo, el comisario se dirigió a los sepultureros.

—Ábranlo.

Los hombres obedecieron, como si fuera la cosa más sencilla del mundo.

El ataúd era de roble. Empezaron a desatornillar la tabla superior que servía de tapa. La humedad de la tierra había oxidado los tornillos y tuvieron que hacer un gran esfuerzo para abrirlo. Un olor nauseabundo salió de él, a pesar de las plantas aromáticas en las que había sido sembrado.

—¡Oh, Dios mío! ¡Dios mío! —murmuró Armand, palideciendo aún más.

Incluso los sepultureros retrocedieron.

Una gran mortaja blanca cubría el cadáver; en ella se dibujaban algunas sinuosidades. Uno de sus extremos estaba casi por completo carcomido y dejaba ver el pie de la muerta.

Yo estaba a punto de sentirme mal; al momento en el que escribo estas líneas, el recuerdo de esa imagen me aparece en toda su imponente realidad.

—¡Apresurémonos! —dijo el comisario.

Entonces, uno de los dos hombres extendió el brazo y empezó a descoser la mortaja; tomándola por un extremo, descubrió bruscamente el rostro de Marguerite.

Era terrible de ver, es horrible relatarlo.

Los ojos no eran más que dos agujeros, los labios habían desaparecido y los dientes blancos estaban apretados unos contra otros. El largo cabello, negro y seco, se pegaba a las sienes y cubría un poco las cavidades verdosas de las mejillas; sin embargo, en esas facciones pude reconocer el rostro blanco, rosado y alegre que había visto tantas veces.

Sin poder apartar la mirada de esa imagen, Armand se llevó el pañuelo a la boca para morderlo.

Yo sentí como si un círculo de fierro me oprimiera la cabeza, un velo cubrió mis ojos, los oídos me empezaron a zumbar y todo lo que pude hacer fue abrir el frasco que había llevado por si acaso, y respirar profundamente las sales que contenía.

En medio de aquel mareo escuché al comisario.

—¿La reconoce? —preguntó al señor Duval.

—Sí —respondió el joven en un murmullo.

—Bien. Ahora ciérrenlo y llévenselo —dijo el comisario.

Los sepultureros cubrieron el rostro de la muerta con la mortaja, cerraron el ataúd, lo tomaron cada uno por un extremo y se dirigieron al lugar que les habían indicado.

Armand no se movía. Sus ojos estaban fijos en la fosa vacía, estaba pálido como el cadáver que acabábamos de ver; paralizado.

Comprendí lo que iba a pasar cuando el dolor disminuyera por la ausencia del espectáculo y, en consecuencia, ya no lo sostuviera.

Me acerqué al comisario.

—¿Aún es necesaria la presencia del señor? —pregunté señalando a Armand.

—No —respondió—; de hecho, le aconsejo que se lo lleve porque parece enfermo.

—Venga —le dije a Armand, tomándolo por el brazo.

—¿Qué? —preguntó mirándome como si no me reconociera.

—Ya terminó —expliqué—. Debe irse, amigo; está pálido, tiene frío y estas emociones lo matarán.

—Tiene razón, vámonos —respondió sin pensarlo, pero sin dar un paso.

Entonces, lo tomé por el brazo y lo llevé conmigo.

Se dejó llevar como un niño, murmurando solamente de cuando en cuando:

—¿Vio los ojos?

Y se volvía como si aquella imagen lo hubiera llamado.

Sin embargo, su paso se hizo irregular, parecía avanzar a trompicones; los dientes le castañeaban, tenía las manos frías y una violenta agitación nerviosa se apoderó de toda su persona.

Le hablé y no respondió. Todo lo que podía hacer era dejarse llevar.

En la entrada encontramos un coche. El momento era oportuno.

En cuanto tomó asiento, se estremeció aún más y tuvo un verdadero ataque de nervios, en medio del cual el temor de asustarme le hizo murmurar al tiempo que apretaba mi mano.

—No es nada, no es nada. Quisiera llorar.

Escuché cómo su pecho se dilataba y vi que sus ojos se inyectaban de sangre, pero las lágrimas no aparecieron.

Hice que aspirara del frasco que yo había usado y, cuando llegamos a su casa, ya solo quedaba el estremecimiento.

Con ayuda de un sirviente lo acostamos, mandé encender la chimenea de su recámara y salí corriendo a buscar a mi médico, a quien le conté todo lo que acababa de suceder.

Él acudió a toda prisa.

Armand estaba púrpura, deliraba y tartamudeaba palabras sin sentido, entre las que solo entendí de manera clara el nombre de Marguerite.

—¿Y bien? —pregunté al médico cuando terminó de examinar al enfermo.

—Pues padece fiebre cerebral, ni más ni menos, y creo que es una suerte, que Dios me perdone, de lo contrario se habría vuelto loco. Por fortuna, la enfermedad física acabará con la enfermedad moral; quizá en un mes se habrá librado de ambas.

Capítulo VII

Enfermedades como la que padecía Armand tenían la ventaja de que o mataban en el acto o se les vencían muy rápido.

Quince días después de los acontecimientos que relaté, Armand estaba en plena convalecencia y a nosotros nos unía una estrecha amistad. Casi no salí de su recámara durante el tiempo que estuvo enfermo.

La primavera había sembrado con profusión sus flores, su follaje, sus pájaros y sus canciones; y la ventana de mi amigo se abría alegremente sobre el jardín, cuyos sanos efluvios llegaban hasta él.

El médico le había dado permiso de que se levantara y con frecuencia nos quedábamos charlando, sentados junto a la ventana abierta a la hora en la que el sol calienta más: del mediodía a las dos.

Evitaba con cuidado hablarle de Marguerite; temía que ese nombre despertara un recuerdo triste, latente bajo la aparente calma del enfermo; sin embargo, al parecer Armand se complacía en hablar de ella, no ya como antes, con lágrimas en los ojos, sino con una sonrisa dulce que me tranquilizaba sobre el estado de su alma.

Advertí que, desde su última visita al cementerio, desde el espectáculo que le provocó esa crisis violenta, parecía que la enfermedad había colmado la medida del dolor moral y que la muerte de Marguerite ya no se le aparecía bajo el aspecto del pasado. De la certeza adquirida había resultado una suerte de consuelo, y, para ahuyentar la imagen sombría que a menudo se le presentaba, se sumergía en los recuerdos alegres de su relación con Marguerite; al parecer no quería aceptar más que esos.

El cuerpo estaba tan exhausto por los estragos de la enfermedad, e incluso por la recuperación de la fiebre, como para que le permitiera al espíritu una emoción violenta, y la alegría primaveral y universal que rodeaba a Armand transportaba su pensamiento, sin que él se diera cuenta, hacia imágenes alegres.

Se negó con obstinación a informar a su familia del peligro que corría y, cuando estuvo a salvo, su padre no supo de su enfermedad.

Una noche nos quedamos junto a la ventana mucho más tarde que de costumbre; el clima había sido magnífico y el sol se ponía en un resplandeciente crepúsculo azul y oro. Aunque estuviéramos en París, el follaje que nos rodeaba parecía aislarnos del mundo, y tan solo en pocas ocasiones el ruido de algún coche perturbaba nuestra conversación.

—Fue aproximadamente en esta época del año, en la tarde de un día como este, cuando conocí a Marguerite —me dijo Armand, escuchando sus propios pensamientos y no lo que yo le decía. No le respondí nada.

—Tengo que contarle una historia —dijo girando en mi dirección—. Con ella escribirá un libro que nadie creerá, pero que quizá será interesante redactar.

—Ya me la contará en otra ocasión, amigo —respondí—. Aún no se ha restablecido por completo.

—La noche es cálida y ya me comí la pechuga de pollo —explicó con una sonrisa—; no tengo fiebre, no tenemos nada que hacer, así que voy a contarle todo.

—Si así lo desea, lo escucho.

—Es una historia muy sencilla —agregó— y se la relataré en el orden de los acontecimientos. Si algún día hace algo con ella, es libre de contarla de otra manera.

He aquí lo que me relató; apenas cambié algunas palabras de esa historia conmovedora.

—Sí —prosiguió Armand, dejando caer la cabeza sobre el respaldo del sillón—. Sí, ¡fue una tarde como esta!

Había pasado el día en el campo con uno de mis amigos, Gaston R. Regresamos a París al atardecer y, sin saber qué hacer, entramos al teatro de Variétés.

En un entreacto salimos y, en el pasillo, vimos pasar a una mujer alta a quien mi amigo saludó.

—¿Quién es la persona a la que saludó? —le pregunté.

—Marguerite Gautier —respondió.

—Me parece que ha cambiado mucho, puesto que no la reconocí —dije con una emoción que en un momento comprenderá.

—Estuvo enferma; la pobre no llegará muy lejos.

Recuerdo esas palabras como si me las hubiera dicho ayer. Debe saber, amigo mío, que, desde hacía dos años, ver a esta chica cada vez que me la encontraba, me provocaba una extraña impresión.

Sin saber la razón, palidecía y mi corazón latía con violencia. Tengo un amigo que se dedica a las ciencias ocultas y que llamaría a eso que yo experimentaba «afinidad de fluidos»; yo creo simplemente que estaba destinado a enamorarme de Marguerite y que lo presentía.

La cuestión es que en verdad me afectaba; varios de mis amigos habían sido testigos y habían reído mucho al reconocer quién era la persona que me afectaba tanto.

La primera vez que la vi fue en la plaza de la Bolsa, en la puerta de Susse. Ahí se estacionó una calesa descubierta y una mujer vestida de blanco bajó de ella. Fue recibida con un murmullo de admiración cuando entró a la tienda. Por mi parte, yo me quedé petrificado desde el momento en que entró hasta el instante en que salió. A través de los escaparates, observé cómo elegía en la tienda lo que había ido a comprar. Hubiera podido entrar, pero no me atreví. No sabía quién era esa mujer y temía que adivinara el motivo de mi presencia en la tienda y que eso la ofendiera. Sin embargo, pensé que nunca volvería a verla.

Iba vestida con mucha elegancia; llevaba un vestido de muselina decorado con volantes, un chal cuadrado de India con los ángulos bordados de oro y flores de seda, un sombrero de paja de Italia y un solo brazalete, que era una gruesa cadena de oro a la moda de esa época.

Subió a su calesa y se marchó.

Uno de los empleados de la tienda se quedó en la puerta, siguiendo con la mirada el coche de esa elegante clienta. Me acerqué a él y le rogué que me dijera el nombre de esa mujer.

—Es la señorita Marguerite Gautier —me respondió.

No me atreví a preguntarle su dirección y me alejé.

El recuerdo de aquella visión, porque fue una verdadera visión, quedó grabado en mi mente, como muchas otras que ya había tenido, y empecé a buscar a esa mujer blanca, tan absolutamente bella por todas partes.

Unos días después, se llevó a cabo una gran representación en la Opéra-Comique y asistí. La primera persona a la que vi en un palco del proscenio fue a Marguerite Gautier.

El joven con quien yo estaba también la reconoció, porque me dijo tras nombrarla:

—Mire qué chica tan hermosa.

En aquel momento, Marguerite miraba hacia donde nosotros estábamos; vio a mi amigo, le sonrió y le hizo una seña para que fuera a verla.

—Voy a saludarla y vuelvo en un momento —me dijo.

—¡Qué suerte tiene! —no pude evitar responder.

—¿Por qué?

—Porque va a ver a esa mujer.

—¿Está enamorado de ella?

—No —respondí sonrojado. En realidad, no sabía a qué atenerme al respecto—, pero me gustaría mucho conocerla.

—Venga conmigo, se la presentaré.

—Pida primero su permiso.

—¡Ah! ¡Por Dios! Con ella no hay necesidad de tanta molestia; venga.

Sus palabras me entristecieron. Temblaba ante la idea de tener la certeza de que Marguerite no ameritara lo que yo sentía por ella.

En el libro de Alphonse Karr, *Am Rauchen*, una noche un hombre sigue a una mujer muy elegante, tan hermosa que se enamora de ella a primera vista. Para poder besar la mano de esa dama, siente la fuerza para hacer todo, la voluntad de conquistarlo todo, el valor de emprender todo. Apenas se atreve a mirar el coqueto tobillo que ella deja al descubierto para no ensuciar su vestido al contacto con el suelo. Mientras él soñaba en todo lo que haría para poseer a esa mujer, ella lo detiene en la esquina y le pregunta si desea subir a su departamento.

Él vuelve la cabeza, cruza la calle y regresa a su casa profundamente triste.

Recordé ese relato; yo, que hubiera deseado sufrir por aquella mujer, temía que me aceptara demasiado rápido y me brindara de manera pronta un amor que yo hubiera querido pagar con una larga espera o un gran sacrificio.

Los hombres somos así; es una suerte que la imaginación dé lugar a la poesía de los sentidos y que los deseos corporales hagan esta concesión a los sueños del alma.

En fin, si me hubieran dicho: «Tendrá a esa mujer esta noche y mañana lo matarán», habría aceptado. Si me hubieran dicho: «Deme diez luises y será su amante», me hubiera negado y habría llorado como un niño que, al despertar, ve desaparecer el castillo que vislumbró la noche anterior.

Sin embargo, quería conocerla; era una manera, quizá la única, de saber a qué atenerme con ella.

Así pues, le dije a mi amigo que insistía en que ella diera su permiso para que me presentara y empecé a deambular por los pasillos, imaginando que a partir de ese momento me vería y que yo no sabría qué actitud asumir ante su mirada.

Intenté hilvanar de antemano las palabras que le dirigiría. ¡Qué sublime tontería es el amor!

Un momento después, mi amigo volvió.

—Nos espera —me informó.

—¿Está sola? —pregunté.

—Con otra mujer.

—¿No hay hombres?

—No.

—Vamos.

Mi amigo se dirigió a la puerta del teatro.

—Pero no es por ahí —le dije.

—Vamos a comprar unos caramelos. Me lo pidió.

Entramos en la confitería del pasaje de la ópera. Yo hubiera querido comprar toda la tienda, incluso me preguntaba qué dulces elegir cuando mi amigo habló.

—Una libra de pasas caramelizadas.

—¿Sabe si le gustan?

—Es el único dulce que come, todo el mundo lo sabe —dijo. Cuando salimos de la tienda, agregó—: ¿Sabe a qué dama le voy a presentar? No vaya a imaginar que es una duquesa, es solo una cortesana y de las mejores, querido; así que no se preocupe y diga todo lo que se le ocurra.

—Bien, bien —mascullé. Lo seguí, diciéndome que iba a curarme de mi pasión.

Cuando entré al palco, Marguerite reía a carcajadas. Yo hubiera querido que estuviera triste.

Mi amigo nos presentó. Marguerite inclinó ligeramente la cabeza hacia mí.

—¿Y mis caramelos? —preguntó.

—Aquí están.

Al tomarlos, me miró; yo bajé los ojos y me ruboricé. Ella se inclinó hacia su compañera, le dijo algo en voz baja y ambas estallaron en carcajadas.

Era evidente que yo era la causa de esta hilaridad y mi bochorno se duplicó. Por aquella época tenía por amante a una pequeña burguesa muy tierna y sentimental, cuyas cartas conmovedoras y melancólicas me hacían reír. Por el daño que yo experimentaba, comprendí el que debía hacerle a ella y, durante cinco minutos, la amé como nunca amé a una mujer.

Marguerite comía pasas sin ocuparse más de mí. Mi amigo no quiso dejarme en esa situación tan ridícula.

—Marguerite —dijo—, que no le extrañe si el señor Duval no le responde, usted lo altera tanto que no encuentra las palabras.

—Más bien creo que el señor lo acompañó porque a usted le aburría venir solo.

—Si eso es cierto —intervine—, no le hubiera rogado a Ernest que le pidiera permiso para presentarme.

—Quizá no era más que una manera de retrasar el momento fatal.

Cualquiera que haya vivido con chicas del tipo de Marguerite sabe el placer que les provoca hacerse pasar por ingeniosas y burlarse de la gente que ven por primera vez. Sin duda es una venganza por las humillaciones que a menudo se ven forzadas a padecer de quienes las ven todos los días.

Para responderles, hace falta estar un poco habituado a su mundo, y yo no lo estaba; además, la idea que me había hecho de Marguerite hacía que sus bromas me parecieran exageradas. Nada de lo que hiciera esta mujer me era indiferente. Por esta razón, me puse de pie y me dirigí a ella con una alteración en la voz que me fue imposible ocultar por completo.

—Si es eso lo que piensa de mí, señora, no me queda más que ofrecerle disculpas por mi indiscreción, despedirme de usted y asegurarle que nunca más volverá a repetirse.

Dicho esto, saludé y me marché.

Acababa de cerrar la puerta cuando escuché la tercera carcajada. Hubiera querido que alguien me diera un codazo en ese momento.

Volví a mi butaca. Avisaron que iban a levantar el telón y Ernest regresó a mi lado.

—¡Cómo se pone! —me dijo al sentarse—. ¡Creen que usted está loco!

—¿Qué dijo Marguerite cuando me fui?

—Rio y me aseguró que nunca había conocido a alguien tan extraño como usted. Pero no se dé por vencido; lo único que debe hacer es no tomar en serio a esas chicas. Ellas no saben lo que son la elegancia y los buenos modales; son como los perros a los que se les echa perfume, creen que huelen mal y se van a revolcar en el arroyo.

—En fin, ¿a mí qué me importa? —dije tratando de adoptar un tono de indiferencia—. Nunca más volveré a ver a esa mujer; si me gustaba antes de conocerla, ahora que la conozco, la cosa ha cambiado mucho.

—¡Bah! No pierdo la esperanza de verlo un día al fondo de su palco y escuchar que se fue a la ruina por ella. Además, usted tiene razón: ella es maleducada, pero vale la pena tener a una amante tan hermosa.

Por fortuna, el telón se alzó y me amigo se calló. Me sería imposible decir lo que estaban representando; todo lo que recuerdo es que, de tanto en tanto, levantaba la vista hacia el palco del que había salido con tanta precipitación, y donde los rostros de nuevos visitantes se sucedían a cada instante.

No obstante, yo no dejaba de pensar en Marguerite. Otro sentimiento se había apoderado de mí; me parecía que debía olvidar su insulto y mi ridículo, me decía que, aunque me costara todo lo que poseía, tendría a esa chica y ocuparía por derecho propio el lugar que abandoné de manera tan precipitada.

Antes de que terminara el espectáculo, Marguerite y su amiga abandonaron el palco. A pesar mío, yo también me levanté de mi butaca.

—¿Se marcha? —preguntó Ernest.

—Sí.

—¿Por qué? —En ese momento, él se dio cuenta de que el palco estaba vacío—. Váyase, váyase —agregó—. Y buena suerte, o más bien, que tenga mejor suerte.

Salí y en la escalera escuché el roce de vestidos y el ruido de unas voces. Me aparté y, sin que me vieran, observé a ambas mujeres y a los dos jóvenes que las acompañaban.

Bajo el peristilo del teatro, un botones se acercó a ellas.

—Ve a decirle al cochero que nos espere en la puerta del café inglés —dijo Marguerite—. Nosotros iremos ahí a pie.

Unos minutos después, merodeando por el bulevar, por una de las grandes ventanas del restaurante vi a Marguerite apoyada en el alféizar; deshojaba una de las camelias de su ramillete. Uno de los dos hombres estaba inclinado sobre su hombro y le hablaba en voz baja.

Entré a la Maison d'Or, me instalé en uno de los salones del primer piso y no perdí de vista la ventana en cuestión.

A la una de la mañana, Marguerite subía a su coche con sus tres amigos.

Tomé una berlina y la seguí.

El coche se detuvo frente al número 9 de la calle d'Antin. Marguerite bajó y entró sola a su casa.

Sin duda era una casualidad, pero aquel imprevisto me hizo muy feliz.

A partir de ese día me encontré a Marguerite con frecuencia en los espectáculos y en los Campos Elíseos; ella siempre con la misma alegría, yo siempre con la misma emoción.

Sin embargo, pasaron quince días sin que volviera a verla en ninguna parte. Me encontré con Gaston y le pedí noticias de ella.

—La pobre está muy enferma —me respondió.

—¿Qué tiene?

—Es tísica, y como la vida que ha llevado no es la más apta para sanarla, está postrada en cama, moribunda.

El corazón es extraño; casi me alegré de aquella enfermedad.

Iba todos los días a preguntar por el estado de la enferma, aunque sin dar mi nombre ni dejar mi tarjeta de presentación. De este modo me enteré de su convalecencia y de su partida a Bagnères.

Pasó el tiempo. La sensación, que no el recuerdo, pareció borrarse poco a poco en mi mente. Viajé; las relaciones, los hábitos y el trabajo ocuparon el lugar de este pensamiento, y cuando recordaba esa primera aventura no quería ver en ella más que una de esas pasiones que uno suele tener en la juventud, de la que nos reímos tiempo después.

Por lo demás, no hubiera habido ningún mérito en triunfar sobre ese recuerdo, puesto que había perdido de vista a Marguerite desde su partida y, como ya mencioné, cuando pasó a mi lado en el pasillo del teatro de Variétés, no la reconocí.

Es cierto que iba cubierta con un velo; sin embargo, dos años antes no hubiera tenido que verla para reconocerla, incluso bajo una gasa, la habría adivinado.

Aquello no impidió que mi corazón latiera con fuerza cuando supe que era ella, y los dos años que pasé sin verla, así como el resultado de aquella separación, se evaporaron en la misma humareda con el solo roce de su vestido.

Capítulo VIII

No obstante —continuó Armand después de una pausa—, si bien comprendía que aún estaba enamorado, me sentía más fuerte que antes y, en mi deseo por encontrarme con Marguerite, también tenía la voluntad de demostrarle mi superioridad sobre ella.

¡Cuántos rodeos y cuántas excusas se da el corazón para lograr sus deseos! No pude permanecer más tiempo en los pasillos y regresé a mi butaca, echando un vistazo rápido a la sala para ver en qué balcón se encontraba ella.

Estaba en la platea del primer piso, sola. Como ya le mencioné, estaba muy cambiada; su boca no dibujaba esa sonrisa indiferente. Había sufrido y seguía sufriendo.

Aunque ya era abril, iba vestida como si fuera invierno, toda cubierta de terciopelo.

Yo la observaba con tanta obstinación que mi mirada atrajo la suya. Me examinó unos instantes, tomó sus gemelos para verme mejor. Sin duda creyó reconocerme, sin poder establecer con certitud quién era yo, porque cuando bajó sus gemelos sus labios dibujaron una sonrisa, ese encantador saludo de las mujeres, para devolver el gesto que al parecer esperaba de mí; sin embargo, yo no respondí, como para tomar ventaja; quería aparentar haberla olvidado en tanto que ella me recordaba.

Creyó haberse equivocado y volteó la cabeza hacia otro lado.

El telón se alzó.

He visto muchas veces a Marguerite en distintos espectáculos, pero jamás la vi prestar la más mínima atención a lo que se representaba.

En cuanto a mí, la función tampoco me interesaba mucho; solo estaba atento a ella, haciendo un gran esfuerzo para que no se diera cuenta.

Vi que intercambiaba miradas con la persona que ocupaba el palco frente al suyo; volteé hacia ese lugar y reconocí a una mujer con la que yo estaba muy familiarizado. Esa mujer había sido una cortesana que intentó ser actriz de teatro y, al no conseguirlo, gracias a sus relaciones con la gente elegante de París, se dedicó al comercio y tenía una tienda de modas.

Vi un pretexto para encontrarme con Marguerite y aproveché un momento en el que la cortesana miraba hacia mí para saludarla con la mano y los ojos.

Sucedió lo que había previsto: me llamó a su palco.

Prudence Duvernoy, ese era el oportuno nombre de la modista, una de esas mujeres gordas de cuarenta años con las que no es necesario mostrar mucha diplomacia para hacerla decir lo que uno quiere saber, sobre todo cuando lo que uno quiere saber es tan simple como lo que yo quería preguntarle.

Aproveché un momento en el que ella renovó su intercambio de señas con Marguerite.

—¿A quién mira de ese modo?

—A Marguerite Gautier.

—¿La conoce?

—Sí, soy su modista; es mi vecina.

—¿Vive usted, pues, en la calle d'Antin?

—En el número 7. La ventana de su tocador da a la ventana del mío.

—Dicen que es una chica encantadora.

—¿Usted no la conoce?

—No, pero me gustaría conocerla.

—¿Desea que la invite a nuestro palco?

—No, preferiría que usted me presentara.

—¿En su casa?

—Sí.

—Eso es más difícil.

—¿Por qué?

—Porque es la protegida de un viejo duque muy celoso.

—«Protegida», es encantador.

—Protegida, sí —repitió Prudence—. El pobre viejo se sentiría muy avergonzado si fuera su amante.

Prudence me narró entonces cómo Marguerite había conocido al duque en Bagnères.

—¿Esa es la razón por la que está aquí sola?

—Precisamente.

—Pero, ¿quién la acompañará a casa?

—Él.

—¿Va a venir por ella?

—En un instante.

—Y a usted, ¿quién la acompaña?

—Nadie.

—Yo me ofrezco.

—Pero, me parece que usted está con un amigo.

—Entonces, nos ofrecemos los dos.

—¿Quién es su amigo?

—Un joven encantador y muy ingenioso, que estará feliz de conocerla.

—Bien, de acuerdo. Nos iremos los cuatro después de esta pieza; ya conozco la última.

—Con gusto. Iré a avisarle a mi amigo.

—Vaya. ¡Ah! —exclamó Prudence cuando yo estaba a punto de partir—, ahí está el duque, entrando al palco de Marguerite.

Miré en esa dirección.

En efecto, un hombre de setenta años acababa de sentarse detrás de la joven y le pasaba una bolsita de caramelos, de la que ella enseguida sacó uno, sonriendo. Luego extendió el brazo sobre la balaustrada, haciendo hacia Prudence una seña que podría traducirse como: «¿Quiere?».

—No —respondió Prudence.

Marguerite regresó la bolsa, giró y empezó a conversar con el duque.

El relato de todos esos detalles puede parecer infantil, pero todo lo que tiene que ver con esa joven está tan presente en mi memoria que no pude evitar recordarlo ahora.

Bajé para informar a Gaston las disposiciones que acababa de tomar para él y para mí. Estuvo de acuerdo y abandonamos nuestras butacas para subir al palco de la señora Duvernoy.

Apenas abrimos la puerta del patio de butacas, cuando nos vimos obligados a detenernos para dejar pasar a Marguerite y al duque, que iban de salida.

Hubiera dado diez años de mi vida por estar en el lugar de ese buen viejo.

Al llegar al bulevar, la ayudó a subirse a un faetón que él mismo conducía y desaparecieron, llevados al trote de dos magníficos caballos.

Entramos al palco de Prudence.

Cuando la pieza terminó, bajamos y abordamos un sencillo carruaje que nos llevó al número 7 de la calle d'Antin. Frente a la puerta de la casa, Prudence nos invitó a subir para mostrarnos su tienda, que no conocíamos, y de la que al parecer estaba muy orgullosa. Ya imaginará con cuánto entusiasmo acepté.

Me parecía que me acercaba poco a poco a Marguerite. Pronto logré que la conversación girara sobre ella.

—¿El viejo duque está con su vecina? —le pregunté a Prudence.

—No, debe estar sola.

—Debe aburrirse horriblemente —comentó Gaston.

—Pasamos algún tiempo juntas casi todas las noches, o cuando ella regresa, me llama. Nunca se acuesta antes de las dos de la mañana, no puede dormirse antes.

—¿Por qué?

—Porque está enferma del pecho y casi siempre tiene fiebre.

—¿No tiene amantes? —pregunté.

—Nunca veo que alguien se quede cuando yo me voy; pero no puedo asegurar que no venga alguien después de marcharme; a menudo encuentro en su casa, en la noche, a un cierto conde de N. que piensa que gana terreno en sus lances haciéndole visitas a las once de la noche y le envía todas las joyas que ella quiere; sin embargo, ella no puede verlo ni en pintura. Se equivoca, él es un joven muy rico. No me canso de decirle «Querida niña, ¡ese es el hombre que le conviene!». Ella, que de ordinario me escucha, me da la espalda y me responde que es muy tonto. Estoy de acuerdo en que es tonto, pero le daría una buena posición, mientras que ese viejo duque puede morir cualquier día. Los viejos son egoístas; su familia le reprocha sin cesar el afecto que siente por Marguerite: he ahí dos razones por las que no le dejará nada. Trato de convencerla, pero ella siempre responde que ya habrá tiempo de aceptar al conde cuando muera el duque.

»No debe ser divertido —continuó Prudence—, vivir como ella vive. Yo sé que a mí no me sentaría bien y que muy pronto me desharía de ese hombre. Ese viejo es insípido; la llama «hija» y la cuida como si fuera una niña, siempre está detrás de ella. Estoy segura de que, a esta hora, sus sirvientes merodean en la calle para ver quién sale; pero, sobre todo, quién entra.

—¡Ah, pobre Marguerite! —dijo Gaston, sentándose frente al piano, en el que empezó a tocar un vals—. Yo no sabía eso. Es cierto que desde hace algún tiempo me parecía menos alegre.

—¡Shhh! —exclamó Prudence aguzando el oído.

Gaston dejó de tocar.

—Creo que me llama.

Todos escuchamos. En efecto, una voz llamaba a Prudence.

—Bien, caballeros, retírense —nos dijo la señora Duvernoy.

—¡Ah!, así es como usted entiende la hospitalidad —dijo Gaston entre risas—. Nos iremos cuando nos apetezca.

—¿Por qué debemos irnos?

—Voy a casa de Marguerite.

—Esperaremos aquí.

—Eso es imposible.

—Entonces, iremos con usted.

—Mucho menos.

—Yo conozco a Marguerite —dijo Gaston—, bien puedo ir a hacerle una visita.

—Pero Armand no la conoce.

—Yo los presentaré.

—Imposible.

Escuchamos de nuevo la voz de Marguerite que llamaba a Prudence; esta se apresuró hasta el tocador. Gaston y yo la seguimos. Ella abrió la ventana.

Nos escondimos para que no pudieran vernos desde afuera.

—Hace diez minutos que la llamo —dijo Marguerite desde su ventana, en un tono casi tiránico.

—¿Qué desea?

—Quiero que venga enseguida.

—¿Por qué?

—Porque el conde de N. sigue aquí y me aburre a morir.

—Ahora no puedo.

—¿Qué se lo impide?

—Tengo en casa a dos jóvenes que no quieren marcharse.

—Dígales que tiene que salir.

—Ya se lo dije.

—Entonces, déjelos en su casa, y cuando vean que usted salió, se irán.

—¡Después de ponerlo todo patas arriba!

—¿Qué es lo que quieren?

—Quieren verla.

—¿Cómo se llaman?

—Usted conoce a uno, el señor Gaston R.

—¡Ah, sí!, lo conozco. ¿Y el otro?

—El señor Armand Duval. ¿No lo conoce?

—No, pero tráigalo también; cualquier cosa es mejor que el conde. Los espero. Apresúrense.

Marguerite cerró su ventana y Prudence la suya.

Por un momento, Marguerite se acordó de mi rostro, pero no de mi nombre; yo hubiera preferido un recuerdo desfavorable antes que el olvido.

—Sabía que estaría encantada de vernos —dijo Gaston.

—Encantada no es la palabra —intervino Prudence, poniéndose su chal y su sombrero—, solo los recibirá para obligar al conde a marcharse. Traten de ser más amables que él, de lo contrario Marguerite se enojará conmigo. La conozco.

Prudence bajó y nosotros la seguimos.

Yo temblaba; tenía la impresión de que esa visita tendría una gran importancia en mi vida. Estaba mucho más emocionado que la noche en que me presenté en el palco de la Opéra-Comique.

Al llegar a la puerta del departamento que usted conoce, el corazón me latía con tal fuerza que era incapaz de controlar mi pensamiento.

Unos acordes de piano llegaron hasta nosotros. Prudence tocó la puerta y el piano calló.

Una mujer cuyo aspecto era más de dama de compañía que de sirvienta nos abrió. Pasamos a la sala y de la sala al recibidor, que en aquella época estaba tal como usted lo vio después.

Un joven estaba apoyado contra la chimenea. Marguerite, sentada frente al piano, deslizaba los dedos sobre las teclas y empezaba fragmentos de piezas que no terminaba.

La escena era un retrato vivo del aburrimiento; en el hombre, era producto de la vergüenza por su ineptitud; en la mujer, de la visita de ese lúgubre personaje.

Al escuchar la voz de Prudence, Marguerite se levantó, se acercó a nosotros y le agradeció con la mirada a la señora Duvernoy.

—Pasen, caballeros, sean bienvenidos —dijo.

Capítulo IX

—Buenas noches, querido Gaston —dijo Marguerite a mi compañero—. ¡Qué gusto volver a verlo! ¿Por qué no fue a mi palco en el Variétés?

—Temía ser indiscreto.

—Los amigos —respondió, haciendo énfasis en la última palabra como para hacer comprender a quienes estaban ahí que, pese a la familiaridad con la que lo recibía, Gaston no era más que un amigo—, los amigos nunca son indiscretos.

—Entonces, permítame presentarle al señor Armand Duval.

—Ya había autorizado a Prudence para que lo hiciera.

—De hecho, señora —intervine inclinándome y haciendo un esfuerzo para emitir sonidos que fueran un poco inteligibles—, ya tuve el honor de serle presentado.

La encantadora mirada de Marguerite pareció buscar en su recuerdo, pero aparentemente no lo logró, o al menos no lo demostró.

—Señora —continué—, le agradezco que haya olvidado esa primera presentación, porque me comporté de una manera ridícula y debí parecerle muy molesto. Fue hace dos años, en la Opéra-Comique; yo iba con Ernest de...

—¡Ah!, ya recuerdo —exclamó Marguerite con una sonrisa—. No fue usted quien se comportó de manera ridícula: yo estaba de bromista, como lo sigo haciendo un poco, aunque ahora menos. ¿Ya me perdonó, caballero?

Me tendió la mano y se la besé.

—Es verdad —prosiguió—. Imagínese que tengo la mala costumbre de avergonzar a las personas que veo por primera vez. Es una tontería. Mi médico dice que lo hago porque soy nerviosa y siempre estoy enferma: créale a mi médico.

—Pero, tiene usted muy buen aspecto.

—¡Oh! He estado muy enferma.

—Lo sé.

—¿Quién se lo dijo?

—Todo el mundo lo sabía; vine con frecuencia a preguntar por usted y me alegré mucho al saber de su convalecencia.

—Nunca me entregaron su tarjeta.

—Nunca la dejé.

—¿Era usted el joven que venía todos los días para informarse de mi estado durante mi enfermedad y que nunca quiso dar su nombre?

—Soy yo.

—Entonces, no solo es indulgente, también es generoso. Usted no hubiera hecho eso, conde —agregó mirando al señor de N., tras lanzarme una de esas miradas con las que las mujeres completan su opinión sobre un hombre.

—Hace apenas dos meses que la conozco —se defendió el conde.

—¡Y este caballero me conoce hace apenas cinco minutos! Usted no dice más que tonterías.

Las mujeres son implacables con las personas que no son de su agrado. El conde se sonrojó y se mordió un labio.

Sentí lástima por él, ya que parecía estar tan enamorado como yo y la cruda franqueza de Marguerite debía hacerlo sentir muy afligido, sobre todo en presencia de dos desconocidos.

—Estaba tocando cuando llegamos —dije para cambiar la conversación—. ¿Me daría el gusto de tratarme como a un viejo conocido y seguir tocando?

—¡Oh! —exclamó echándose en el sofá y haciéndonos una seña para que nos sentáramos—. Gaston sabe qué tipo de música toco. Está bien cuando estoy sola con el conde, pero no desearía imponerles semejante suplicio.

—¿Tiene esa preferencia por mí? —preguntó el señor de N. con una sonrisa que pretendía ser sutil e irónica.

—Hace mal en reprochármela: es la única.

Quedaba claro que ese pobre joven no diría una palabra más. Lanzó sobre Marguerite una mirada de verdadera súplica.

—Dígame, Prudence —continuó Marguerite—, ¿hizo lo que le pedí?

—Sí.

—Muy bien, ya me lo contará más tarde. Tenemos que hablar y usted no se irá sin que lo hayamos hecho.

—Sin duda hemos sido inoportunos —intervine—, y ahora que tuvimos, es decir, que tuve una segunda presentación para hacer olvidar la primera, Gaston y yo nos retiramos.

—De ninguna manera, no dije eso por ustedes. Al contrario, deseo que se queden.

El conde sacó un reloj muy elegante y vio la hora.

—Es hora de que me vaya al club —dijo.

Marguerite no respondió. El conde se alejó de la chimenea y se acercó a ella.

—Adiós, señora —agregó.

Marguerite se levantó.

—Adiós, querido conde, ¿se marcha?

—Sí, me temo que la estoy aburriendo.

—No me aburre más hoy que los otros días. ¿Cuándo volveremos a verlo?

—Cuando usted me lo permita.

—Entonces, ¡adiós!

Hay que reconocer que fue cruel.

Por fortuna, el conde tenía muy buena educación y un excelente carácter; se contentó con besar la mano que Marguerite le tendió con indolencia, se despidió de nosotros y se marchó.

En el momento en el que cruzaba la puerta, miró a Prudence, quien se encogió de hombros como diciendo: «¿Qué quiere usted?, he hecho todo lo que he podido».

—¡Nanine! —gritó Marguerite—. Alumbra el camino del conde.

Escuchamos que la puerta principal se abría y se volvía a cerrar.

—¡Por fin se ha ido! —exclamó Marguerite, apareciendo de nuevo—. Ese joven me pone los nervios de punta.

—Mi querida niña —dijo Prudence—, es muy mala con él, con lo bueno y atento que es con usted. Mire, sobre la chimenea le dejó un reloj; estoy segura de que le costó por lo menos mil escudos.

La señora Duvernoy se acercó a la chimenea y empezó a juguetear con la joya, mientras le lanzaba miradas codiciosas.

—Querida —dijo Marguerite sentándose al piano—, cuando pongo en una balanza lo que me da y lo que me dice, me parece que sus visitas le salen baratas.

—Ese pobre muchacho está enamorado de usted.

—Si tuviera que escuchar a todos los que están enamorados de mí no tendría tiempo ni para cenar.

Pasó los dedos sobre las teclas del piano y luego volteó hacia nosotros.

—¿Quieren tomar algo? Yo bebería con gusto un poco de ponche.

—Y yo comería con gusto un poco de pollo —dijo Prudence—. ¿Qué tal si cenamos?

—Eso es, vayamos a cenar —intervino Gaston.

—No, cenaremos aquí.

Hizo sonar una campana y Nanine apareció.

—Haz que vayan a buscar algo para cenar.

—¿Qué deben traer?

—Lo que quieras, pero enseguida, deprisa.

Nanine salió.

—Eso es —exclamó Marguerite, saltando como una niña—, vamos a cenar. ¡Qué aburrido es ese imbécil del conde!

Entre más veía a aquella mujer, más me encantaba; su belleza era arrebatadora e incluso su delgadez era un encanto. Yo la miraba extasiado.

Difícilmente podría explicar lo que me sucedía. Sentía compasión por su vida y mucha admiración por su belleza. La indiferencia que mostraba al no aceptar a un joven rico y elegante, dispuesto a irse a la ruina por ella, disculpaba a mis ojos todas sus faltas pasadas.

Aquella mujer poseía una especie de candor; en ella se percibía aún la virginidad del vicio. Su andar seguro, su talle ligero, sus narinas rosadas y abiertas, sus grandes ojos ligeramente rodeados de azul expresaban una naturaleza ardiente que dispersa a su alrededor un perfume de voluptuosidad, como esos frascos de Oriente que, por bien cerrados que estén, dejan escapar el perfume del elixir que contienen.

En fin, fuera por naturaleza o como consecuencia de su enfermedad, de tanto en tanto pasaban por la mirada de esa mujer destellos de deseo, cuya efusión habría sido una revelación del cielo para quien ella amara. Pero aquellos que habían amado a Marguerite eran incalculables, en tanto que los que ella había amado aún no podían contarse.

En resumen, en esta joven se reconocía a la virgen a quien una nimiedad había vuelto cortesana, y a la cortesana a quien una nimiedad hubiera convertido en la virgen más amorosa y más pura. En Marguerite aún quedaba el orgullo y la independencia, dos sentimientos que, si se hieren, son capaces de hacer lo que hace el pudor. Yo no decía nada, parecía que mi alma se había vaciado por completo en mi corazón, y mi corazón se había vertido en mis ojos.

—Entonces —continuó ella de pronto—, ¿era usted quien venía a preguntar por mí mientras estaba enferma?

—Sí.

—Es algo muy hermoso, ¿sabe? ¿Y qué puedo hacer para agradecérselo?

—Permitirme venir a visitarla de vez en cuando.

—Cuando usted lo desee, de cinco a seis de la tarde y de las once a medianoche. Gaston, toque para mí la «Invitación al vals».

—¿Por qué?

—Primero, para darme gusto; segundo, porque no consigo tocarla sola.

—¿Qué es lo que le resulta complicado?

—La tercera parte, el fragmento en sostenido.

Gaston se levantó, se sentó al piano y empezó esa maravillosa melodía de Weber, cuya partitura estaba abierta sobre el atril.

Con una mano apoyada sobre el piano, Marguerite miraba el texto y seguía con la mirada cada nota, que acompañaba en voz baja; cuando Gaston llegó al fragmento que ella le había indicado, tarareó mientras tamborileaba con los dedos la tapa del piano.

—Re, mi, re, do, re, fa, mi, re; eso es lo que no puedo hacer. Vuelva a empezar.

Gaston comenzó otra vez y luego Marguerite le dijo:

—Ahora, déjeme intentarlo.

Ella tomó el lugar de Gaston y empezó a tocar, pero sus dedos rebeldes se equivocaban todo el tiempo en una de las notas.

—¡Es increíble que no pueda tocar bien ese fragmento! —exclamó en un tono muy infantil—. ¿Podrían creer que a veces me quedo hasta las dos de la mañana intentándolo? Y cuando pienso que ese imbécil del conde lo toca de manera admirable y sin partitura, creo que eso es lo que me hace estar furiosa con él.

Y volvió a empezar, con los mismos resultados.

—¡Que el diablo se lleve a ese Weber, a la música y a los pianos! —exclamó arrojando la partitura al otro extremo de la habitación—. ¿Cómo entender que no pueda tocar ocho sostenidos seguidos?

Se cruzó de brazos y nos miró, golpeando el suelo con el pie. La sangre le subió a las mejillas y sus labios se entreabrieron por una ligera tos.

—Vamos, vamos —dijo Prudence, quien se había quitado el sombrero y alisaba las cintas frente al espejo—, va a volver a enojarse y eso le hará daño; será mejor que vayamos a cenar, muero de hambre.

Marguerite volvió a tocar la campana y regresó al piano. Empezó a canturrear a media voz una canción libertina, cuyo acompañamiento ejecutó sin error.

Gaston conocía esa canción y formaron una suerte de dueto.

—No cante esas porquerías —le dije a Marguerite con familiaridad y un tono de súplica.

—¡Oh!, ¡qué pudoroso es usted! —respondió sonriendo y tendiendo su mano hacia mí.

—No lo hago por mí, sino por usted.

Marguerite hizo un gesto como queriendo decir: «¡Ah!, hace mucho tiempo que yo acabé con el pudor».

En ese momento apareció Nanine.

—¿La cena está lista? —preguntó Marguerite.

—Sí, señora, en un instante.

—A propósito —me dijo Prudence—, usted no ha visto el departamento; venga, se lo voy a mostrar.

Como usted ya sabe, la sala era una maravilla.

Marguerite nos acompañó un poco, después llamó a Gaston y pasó con él al comedor para ver si la cena estaba lista.

—¡Vaya —exclamó Prudence mirando un estante y tomando en sus manos una figura de porcelana de Sajonia—, no le conocía a este hombrecito!

—¿Cuál?

—El pastorcito que tiene una jaula con un pájaro.

—Lléveselo, si le gusta.

—¡Ah, no quisiera privarla de él!

—Se lo iba a dar a mi sirvienta, me parece espantoso; pero si a usted le gusta, tómelo.

Prudence solo vio el regalo y no la manera en la que se lo habían ofrecido. Apartó la figura y me llevó al tocador, donde me enseñó dos retratos en miniatura.

—Ese es el conde de G., quien estuvo muy enamorado de Marguerite; es a él a quien debe su posición. ¿Lo conoce?

—No. ¿Y este? —pregunté mostrando la otra miniatura.

—Es el vizcondecito de L., se vio obligado a marcharse.

—¿Por qué?

—Porque estaba casi en bancarrota. ¡Él sí que quería a Marguerite!

—Y sin duda ella lo amaba también.

—Con una chica tan extraña como ella, uno nunca sabe a qué atenerse. La noche que partió, ella estaba en el teatro, como de costumbre; sin embargo, lloró al momento de la despedida.

En ese instante apareció Nanine para anunciarnos que la cena estaba servida. Cuando entramos al comedor, Marguerite estaba recargada contra la pared y Gaston la tomaba de las manos, hablándole en voz baja.

—Está loco —le respondía Marguerite—. Sabe de sobra que usted no me interesa. No es al cabo de dos años que se conoce a una mujer como yo y se le pide ser su amante. Nosotras nos entregamos de inmediato o nunca. Vamos, señores, a la mesa.

De este modo, escapándose de las manos de Gaston, Marguerite lo hizo sentarse a su derecha; a mí, a su izquierda, y luego le dijo a Nanine:

—Antes de que te sientes, ve a decir en la cocina que, si llaman a la puerta, no abran.

Daba esta orden a la una de la mañana.

Reímos, bebimos y comimos mucho en esa cena. Al cabo de unos instantes, la alegría había llegado a sus últimos límites; de cuando en cuando estallaban esas palabras que en ciertos ambientes son placenteras y que mancillan siempre la boca de quien las pronuncia, entre las grandes aclamaciones de Nanine, de Prudence y de Marguerite. Gaston se divertía a todas luces; era un joven de gran corazón, pero cuyo espíritu había sido un poco maleado por sus costumbres. Por un momento quise aturdirme, hacer que mi corazón y mi pensamiento fueran indiferentes al espectáculo que tenía ante los ojos y ser parte de ese júbilo que parecía uno de los manjares de la cena; sin embargo, poco a poco me aislé de ese ruido, mi copa seguía llena y casi me puse triste al ver a esa bella criatura de veinte años beber, hablar como un carretero y reír más, cuanto más escandaloso era lo que se decía.

No obstante, aquella alegría, esa manera de hablar y beber que en los otros comensales me parecían resultado del libertinaje, de la costumbre o de la fuerza, en Marguerite los consideraba una necesidad de olvidar, una fiebre, una irritabilidad nerviosa. Con cada copa de champaña sus mejillas se teñían de un rubor febril y la tos, ligera al inicio de la cena, a la larga se hizo cada vez más fuerte hasta que la obligó a echar la cabeza sobre el respaldo de la silla y apretarse el pecho con las manos cada vez que tosía.

Yo sufría por el daño que debía padecer su frágil organismo con aquellos excesos diarios.

Al fin sucedió algo que yo había previsto y temido. Hacia el final de la cena, un ataque de tos más fuerte que todos los que había tenido desde que yo estaba ahí se apoderó de Marguerite. Me pareció que su pecho se desgarraba al interior. La pobre chica se puso púrpura, cerró los ojos por el dolor y llevó a sus labios la servilleta que una gota de sangre enrojeció. Se levantó y corrió al tocador.

—¿Qué le pasa a Marguerite? —preguntó Gaston.

—Rio demasiado y escupe sangre —explicó Prudence—. ¡Oh!, no es nada; le pasa todos los días. Volverá. Dejémosla sola, ella lo prefiere.

Pero yo no pude contenerme y, ante el gran asombro de Prudence y de Nanine, que me llamaban para que volviera, fui a reunirme con Marguerite.

Capítulo X

La habitación donde se refugió no estaba alumbrada más que por una sola vela que había sobre una mesa. Echada sobre un gran sofá, con el vestido desabotonado, tenía una mano sobre el pecho y la otra colgaba a un costado. Sobre la mesa había una palangana de plata llena a la mitad con agua que estaba veteada con hilillos de sangre.

Marguerite, muy pálida y con la boca entreabierta, intentaba recuperar el aliento. Por momentos, su pecho se hinchaba con un largo suspiro que, al exhalar, parecía aliviarla un poco y durante unos segundos le brindaba una sensación de bienestar.

Me acerqué sin que ella hiciera ningún movimiento, me senté y tomé su mano que reposaba sobre el sofá.

—¡Ah! ¿Es usted? —me dijo con una sonrisa.

Al parecer, mi expresión mostraba que estaba alterado, porque agregó:

—¿Usted también se siente mal?

—No; usted, ¿sigue sintiéndose mal?

—Un poco. —Con el pañuelo se secó las lágrimas

que la tos le había provocado—. Ya estoy acostumbrada.

—Se está usted matando, señora —le dije conmovido—. Quisiera ser su amigo, alguien de su familia, para impedirle que se lastime de esa manera.

—¡Ah! No vale la pena que se alarme —respondió en un tono un poco amargo—. Ya ve cómo se ocupan de mí los demás. Saben bien que esta enfermedad no tiene remedio.

Dicho esto, se levantó, tomó la vela, la puso sobre la chimenea y se miró en el espejo.

—¡Qué pálida estoy! —exclamó abotonando su vestido y pasando los dedos por su cabello para alaciarlo—. ¡Ah, bah! Volvamos a la mesa. ¿Viene?

Comprendió la emoción que me había provocado esa circunstancia, porque se acercó a mí, me tendió la mano y me dijo:

—Ande, venga.

Tomé su mano y la llevé a mis labios, humedeciéndola sin querer con dos lágrimas largo tiempo contenidas.

—¡Vaya! ¡Usted es un chiquillo! —dijo sentándose a mi lado—. ¡Mire que ponerse a llorar! ¿Qué le pasa?

—Debo parecerle bobo, pero lo que acabo de ver me ha hecho un daño terrible.

—Qué bueno es usted. Pero, ¿qué quiere?, no puedo dormir y tengo que distraerme un poco. Además, las chicas como yo, una más o una menos, ¿qué más da? Los médicos me dicen que la sangre que escupo viene de los bronquios; yo finjo que les creo, es todo lo que puedo hacer.

—Escuche, Marguerite —dije sin poder contenerme más—, no sé la influencia que usted llegará a tener en mi vida, pero lo que sí sé es que en este momento nadie, ni siquiera mi hermana, me interesa como usted. Así es desde que la vi. Pues bien, en nombre del cielo, cuídese, no siga viviendo como lo hace ahora.

—Si me cuidara, moriría. Lo que me mantiene es la vida febril que llevo. Además, cuidarse es para las mujeres de mundo que tienen una familia y amigos; a nosotras, en el momento en el que no podemos ya servir a la vanidad o al placer de nuestros amantes, nos abandonan y a las largas noches suceden los largos días. Lo sé bien, estuve dos meses en cama y al cabo de tres semanas nadie venía ya a visitarme.

—Es cierto que no soy nada para usted —repuse—, pero si lo desea, yo la cuidaré como un hermano, no me apartaré de su lado y haré que se cure. En ese momento, cuando tenga la fuerza, recuperará la vida que lleva, si le parece bien; pero estoy seguro de que le gustaría más tener una existencia tranquila que la haría más feliz y conservaría su belleza.

—Eso piensa esta noche porque el vino lo pone triste, pero no tendrá la paciencia de la que se ufana.

—Permítame recordarle, Marguerite, que estuvo enferma durante dos meses y que, durante ese tiempo, vine aquí todos los días para saber cómo estaba.

—Es cierto; pero, ¿por qué nunca subió?

—Porque en ese momento no la conocía.

—¿Y por qué tantas consideraciones con una chica como yo?

—Siempre hay que tenerlas con una mujer; al menos eso pienso.

—Entonces, ¿usted me cuidará?

—Sí.

—¿Estará todos los días a mi lado?

—Sí.

—¿Incluso las noches?

—Siempre y cuando no la aburra.

—¿Cómo le llama a eso?

—Abnegación.

—¿Y de dónde viene esa abnegación?

—Del afecto irresistible que siento por usted.

—¿Está enamorado de mí? Dígalo de una vez, es más simple.

—Es posible, pero si algún día tengo que decírselo, no será hoy.

—Hará mejor si no me lo dice nunca.

—¿Por qué?

—Porque de esa confesión solo pueden resultar dos cosas.

—¿Cuáles?

—Que yo no lo acepte, y entonces usted me lo reprochará; o que lo acepte, y en ese caso tendrá a una amante lamentable, una mujer nerviosa, enferma, triste o alegre, pero con una alegría más triste que la tristeza misma. Una mujer que escupe sangre y que gasta cien mil francos al año está bien para un viejo rico como el duque, pero es muy engorroso para un joven como usted; prueba de ello son todos los jóvenes amantes que tuve y que me abandonaron muy pronto.

Yo no respondía nada, solo escuchaba. Esa franqueza, que era casi como una confesión, esa vida dolorosa que vislumbraba bajo el velo dorado que la cubría y de cuya realidad huía esta pobre mujer, refugiándose en el libertinaje, la embriaguez y el insomnio, todo eso me impresionaba de tal modo que me quedé sin palabras.

—Vamos —continuó Marguerite—, todo esto son

niñerías. Deme la mano y volvamos al comedor. Nadie tiene que conocer el motivo de nuestra ausencia.

—Regrese, si así le parece, pero le pido permiso para quedarme aquí.

—¿Por qué?

—Porque su alegría me hace mucho daño.

—Entonces, estaré triste.

—Escuche, Marguerite, permítame decirle algo que sin duda le han dicho muchas veces y que de tanto oírlo seguramente ya no lo cree, pero que no por eso es menos cierto y nunca más lo repetiré.

—¿Qué es? —preguntó con la sonrisa propia de las madres jóvenes dispuestas a escuchar una locura de su hijo.

—Desde que la vi, no sé cómo ni por qué, usted ocupó un lugar en mi vida; por más que he intentado sacar su imagen de mi pensamiento, siempre regresa; que hoy, cuando me encontré con usted tras dos años sin verla, usted se apoderó aún más de mi corazón y de mi mente; en fin, que ahora que me ha recibido, que la conozco, que sé todo lo extraño que hay en usted, se ha vuelto indispensable, y me volveré loco, no ya si no me ama, pero sí si no me deja amarla.

—Desdichado, ¿debo decirle lo que decía la señora D.? ¡Debe ser inmensamente rico! ¿Qué no sabe que yo gasto seis o siete mil francos al mes, y que ese gasto se ha vuelto indispensable en mi vida? ¿Qué no sabe, pobre amigo, que lo arruinaría en poco tiempo y que su familia renegaría de usted por vivir así con una mujer como yo? Ámeme como un buen amigo, pero nada más. Venga a verme, reiremos, platicaremos; pero no exagere lo que valgo, puesto que no valgo gran cosa. Tiene buen corazón, necesita ser amado, usted es demasiado joven y sensible como para vivir en nuestro mundo. Búsquese una mujer casada. Ya ve que soy una buena chica y por eso le hablo con franqueza.

—¡Qué pasa! ¡¿Qué diablos hacen ahí?! —gritó Prudence, a quien no habíamos oído llegar y aparecía en el umbral de la habitación, medio despeinada y con el vestido desabrochado.

Reconocí en ese desorden la mano de Gaston.

—Hablamos de cosas serias —respondió Marguerite—. Déjenos un momento, enseguida nos reuniremos con ustedes.

—Bien, bien, hablen, niños —dijo Prudence al tiempo que se retiraba y cerraba la puerta, como para hacer énfasis en el tono con el que pronunció esas últimas palabras.

—Entonces, estamos de acuerdo —continuó Marguerite cuando nos quedamos solos—. Dejará de amarme.

—Me marcharé.

—¿Es para tanto?

Yo había llegado demasiado lejos como para dar marcha atrás; aquella joven me alteraba. La mezcla de alegría, tristeza, candor, prostitución; incluso la enfermedad que debía fomentar en ella la sensibilidad a emociones como la irritabilidad de los nervios, todo me indicaba que si desde el principio no dominaba su naturaleza olvidadiza y ligera, la perdería para siempre.

—Vamos, ¿está hablando en serio? —preguntó.

—Muy en serio.

—Pero, ¿por qué no lo dijo antes?

—¿Cuándo debí decírselo?

—Al día siguiente de que nos presentaron en la Opéra-Comique.

—Creo que me habría recibido muy mal si hubiera venido a verla.

—¿Por qué?

—Porque la víspera me porté como un estúpido.

—Eso es cierto. Sin embargo, ya me amaba entonces.

—Sí.

—Lo que no le impidió ir a acostarse y dormir tranquilamente después del espectáculo. Todos sabemos lo que son esos grandes amores.

—Sí, aunque en eso se equivoca. ¿Sabe qué hice esa noche en la Opéra-Comique?

—No.

—La esperé a la puerta del café inglés. Seguí el coche en el que usted se fue con sus tres amigos, y cuando la vi bajar y entrar sola a su casa, me sentí muy feliz.

Marguerite empezó a reír.

—¿De qué se ríe?

—De nada.

—Dígame, se lo suplico, de lo contrario creeré que se está burlando de mí.

—¿No se enojará?

—¿Con qué derecho me enojaría?

—Pues bien, tenía una buena razón para entrar sola.

—¿Cuál?

—Me esperaban aquí.

Si me hubieran dado una puñalada no me habría hecho tanto daño. Me levanté y le tendí la mano.

—Adiós —dije.

—Ya sabía que se enojaría —agregó—. Los hombres se ponen furiosos cuando se enteran de lo que debe hacerlos sufrir.

—Le aseguro —dije en tono frío, como para mostrarle que estaba por completo curado de mi pasión—, le aseguro que no estoy enfadado. Es natural que alguien la estuviera esperando, así como es natural que yo me marche a las tres de la mañana.

—¿A usted también lo espera alguien en su casa?

—No, pero debo partir.

—Entonces, adiós.

—¿Me está echando?

—De ninguna manera.

—¿Por qué me hace sufrir?

—¿Cómo lo hago sufrir?

—Me dice que alguien la esperaba.

—No pude evitar reírme al pensar que se alegró de verme entrar sola, cuando había una muy buena razón para ello.

—En ocasiones nos alegramos por niñerías y es cruel destruir esa alegría; si, al contrario, se le permite subsistir, se puede hacer más feliz aún a quien la encuentra.

—Pero, ¿con quién cree usted que está tratando? Yo no soy ni virgen ni duquesa. Acabo de conocerlo hoy y no tengo por qué darle cuenta de mis actos. Aunque admitiera ser algún día su amante, debe saber que he tenido otros amantes antes que usted. Si desde ahora empieza a hacerme escenas de celos, ¡qué será después, si ese después existe! Nunca había conocido a un hombre como usted.

—Porque nunca nadie la ha amado como yo la amo.

—Vamos, sea franco, ¿tanto me ama?

—Tanto como es posible amar, creo.

—¿Y desde cuándo?

—Desde el día en que la vi bajar de una calesa y entrar en Susse, hace tres años.

—¿Sabe que es muy hermoso? Pues bien, ¿qué debo hacer para corresponder a tanto amor?

—Amarme un poco —respondí.

Los latidos de mi corazón casi me impedían hablar, porque a pesar de las sonrisas medio burlonas con las que ella acompañó toda esta conversación, me parecía que Marguerite empezaba a compartir mi turbación y que el momento tanto tiempo esperado se acercaba.

—Pues bien, ¿el duque?

—¿Qué duque?

—Mi viejo celoso.

—No sabrá nada.

—¿Y si se entera?

—La perdonará.

—¡No! Me abandonará, ¿y qué será de mí?

—Ya se arriesga a ese abandono por otro.

—¿Cómo lo sabe?

—Por la orden que dio esta noche de no dejar entrar a nadie.

—Es cierto, pero ese es un amigo serio.

—Que a usted no le importa mucho, puesto que le niega la entrada a esta hora.

—No es usted quien debería reprochármelo, puesto que lo hice para recibirlos a usted y a su amigo.

Poco a poco me acerqué a Marguerite, pasé mis manos alrededor de su talle y sentí su cuerpo flexible pesar ligeramente en mis manos entrelazadas.

—¡Si supiera cuánto la amo! —le dije en voz baja.

—¿Es cierto?

—Se lo juro.

—Pues bien, si me promete hacer solo mi voluntad sin decir una sola palabra, sin hacer ninguna observación, sin cuestionarme, quizá yo lo amaré a usted.

—¡Todo lo que usted quiera!

—Pero le advierto que quiero ser libre de hacer lo que me plazca sin darle a usted la más mínima explicación sobre mi vida. Hace mucho tiempo que busco a un amante joven, sin voluntad, enamorado sin desconfianza, amado sin derechos. Nunca he podido encontrar a ninguno. Los hombres, en lugar de contentarse con lo que se les concede durante mucho tiempo, que apenas hubieran podido esperar obtener una sola vez, le exigen a su amante que rindan cuentas del presente, del pasado e incluso del futuro. A medida que se acostumbran a ella, quieren dominarla y cuanto más se les da, más exigentes se vuelven. Si me decido a tomar un nuevo amante ahora, quiero que tenga estas tres cualidades tan poco comunes: que sea confiado, sumiso y discreto.

—Seré todo lo que usted quiera.

—Ya veremos.

—¿Y cuándo lo veremos?

—Más adelante.

—¿Por qué?

Marguerite se liberó de mis brazos, tomó una flor de un gran ramo de camelias rojas que le habían llevado esa mañana y me la puso en el ojal.

—Porque no siempre podemos cumplir los acuerdos el mismo día en que se firman. Es fácil de comprender.

—¿Y cuándo volveré a verla? —pregunté tomándola de nuevo en mis brazos.

—Cuando esta camelia cambie de color.

—¿Cuándo cambiará de color?

—Mañana, de las once a medianoche. ¿Está contento?

—¿Me lo pregunta?

—Ni una sola palabra de todo esto a su amigo ni a Prudence ni a nadie.

—Se lo prometo.

—Ahora, béseme y volvamos al comedor.

Me ofreció sus labios, se alisó de nuevo el cabello y salimos de esa habitación; ella cantando, yo, medio loco.

En la sala, se detuvo.

—Debe resultarle extraño —me dijo en voz baja— que parezca dispuesta a aceptarlo así, enseguida; ¿sabe a qué se debe? Se debe —continuó tomando mi mano y llevándola a su pecho; sentí su corazón palpitar de manera violenta y repetida— a que, como viviré menos tiempo que los demás, me prometí vivir más rápido.

—No hable así, se lo suplico.

—¡Oh! Consuélese —agregó riendo—. Por poco que viva, viviré más tiempo del que usted me ame.

Luego, entró cantando al comedor.

—¿Dónde está Nanine? —preguntó al ver solos a Gaston y a Prudence.

—Se fue a dormir a la habitación de usted, esperando que se fuera a acostar —respondió Prudence.

—¡Desdichada! ¡La mataré! Vamos, señores, retírense, ya es hora.

Diez minutos después, Gaston y yo salimos. Marguerite me estrechó la mano, me dijo adiós y se quedó con Prudence.

—¿Y bien? —me preguntó Gaston cuando salimos—. ¿Qué le parece Marguerite?

—Es un ángel y estoy loco por ella.

—Me lo imaginaba. ¿Se lo dijo?

—Sí.

—Y ella prometió creerle.
—No.
—No es como Prudence.
—¿Ella se lo prometió?
—Más que eso, amigo. No lo va a creer, pero ¡hay que ver lo bien que está todavía la gorda Duvernoy!

Capítulo XI

Al llegar esa parte de su relato, Armand se calló.

—¿Puede cerrar la venta? —me dijo—. Empiezo a tener frío. Entre tanto, yo voy a acostarme.

Cerré la ventana. Armand, quien aún estaba muy débil, se quitó la bata y se metió a la cama, dejando unos instantes reposar su cabeza sobre la almohada como un hombre exhausto tras una larga carrera o agitado por penosos recuerdos.

—Quizá habló demasiado —le dije—. ¿Quiere que me vaya para dejarlo dormir? Ya me contará otro día el final de la historia.

—¿Lo aburre?

—Al contrario.

—Entonces continuaré; si me deja solo no podré dormir.

***

Cuando volví a casa —continuó sin necesidad de reflexionar, ya que todos los detalles seguían muy presentes en su mente— no me fui a acostar; me puse a pensar en la aventura del día. El encuentro, la presentación, el compromiso de Marguerite para conmigo, todo había sido tan rápido, tan inesperado, que había momentos en los que creía que lo había soñado. Sin embargo, no era la primera vez que una chica como Marguerite prometía entregarse a un hombre al día siguiente del que él se lo había pedido.

Por más que me hacía esa reflexión, la primera impresión que me produjo mi futura amante fue tan fuerte que aún pervive. Seguía empeñado en no ver en ella más que a una chica semejante a las otras y, con la vanidad tan común en todos los hombres, estaba dispuesto a creer que sentía por mí la misma irresistible atracción que yo sentía por ella.

Sin embargo, frente a mis ojos tenía ejemplos muy contradictorios; había escuchado decir con frecuencia que el amor de Marguerite había pasado a ser un artículo más o menos caro, dependiendo de la estación.

Por otra parte, ¿cómo conciliar esa reputación con el rechazo continuo hacia el joven conde que encontramos en su casa?

Usted me dirá que no le gustaba y que, como el duque la mantenía espléndidamente, de tomar a otro amante preferiría a un hombre que le gustara. Entonces, ¿por qué no le interesaba Gaston, que era encantador, espiritual, rico, y al parecer me aceptaba a mí, que le había parecido tan ridículo la primera vez que me vio?

Es cierto que hay incidentes que duran un minuto y tienen un efecto mayor que algo que sucede a lo largo de un año.

De todos los comensales de esa cena, yo fui el único que se preocupó al verla levantarse de la mesa. La seguí, sin poder ocultar mi emoción, lloré al besarle la mano. Esta circunstancia, aunada a mis visitas cotidianas durante los dos meses de su enfermedad, pudo hacerle ver en mí a un hombre distinto a los que había conocido hasta entonces, y quizá se dijo que bien podía hacer por un amor que se expresaba de esta manera, lo que ya antes había hecho tantas veces, sin que tuviera ninguna consecuencia para ella.

Todas estas suposiciones, como puede ver, eran bastante verosímiles; pero cualquiera que fuera el motivo de su aprobación, una cosa era cierta: ella había consentido.

Ahora bien, yo estaba enamorado de Marguerite; iría a verla, no podía pedirle nada más. Sin embargo, se lo repito, aunque fuera una cortesana, quizá para poetizarla yo había hecho de ese amor un amor sin esperanza; entre más se acercaba el momento en el que ya no tuviera que esperar, más dudas me asaltaban.

No pegué ojo en toda la noche.

No me conocía a mí mismo, estaba medio loco. A veces me parecía que no era ni lo bastante apuesto, ni lo bastante rico, ni lo bastante elegante para poseer a una mujer semejante; otras veces me sentía lleno de vanidad al pensar en esa posesión; luego, empezaba a temer que Marguerite no sintiera por mí más que un capricho pasajero y, al presentir la desgracia de una ruptura segura, me decía que quizá era mejor no ir a su casa esa noche, alejarme y escribirle para explicar mis temores. De ahí, pasaba a la esperanza sin límites, a una confianza desmedida. Soñaba con futuros increíbles; me decía que esa chica me debería su curación física y moral, que pasaría toda mi vida con ella y que su amor me haría más feliz que los amores más virginales.

En resumen, no podría repetirle los miles de pensamientos que pasaron de mi corazón a mi mente, y que se apagaron poco a poco en el sueño que me venció al despuntar el día.

Desperté a las dos de la tarde. El tiempo era magnífico. No recuerdo que nunca antes la vida me hubiera parecido tan bella y tan plena. Los recuerdos de la víspera volvían a mi mente sin sombras, sin obstáculos, felizmente escoltados por las esperanzas de esa noche. Me vestí a toda prisa; estaba contento y era capaz de llevar a cabo los mejores actos. De cuando en cuando mi corazón daba un vuelco de alegría y amor dentro de mi pecho. Una dulce sensación febril me alteraba. Ya no me preocupaban las razones que me habían obsesionado antes de dormir; no veía más que el resultado, no soñaba nada más que en la hora en la que volvería a ver a Marguerite.

Me fue imposible quedarme en casa. Mi recámara me parecía demasiado estrecha como para contener mi dicha; necesitaba la naturaleza entera para desahogarme.

Salí. Pasé por la calle d'Antin. La berlina de Marguerite la esperaba frente a la puerta. Me dirigí hacia Campos Elíseos. Amaba a todas las personas que encontraba a mi paso, aun sin conocerlas.

¡Qué bondadosos nos hace el amor!

Al cabo de una hora de paseo desde los *Caballos de Marly* hasta la glorieta, y de la glorieta a los *Caballos de Marly*,[4] vi a lo lejos el coche de Marguerite; no la reconocí, la adiviné.

[4] Los *Caballos de Marly* son dos grupos escultóricos en mármol de Carrara, obra de Guillaume Coustou. Se ubicaban en la entrada del parque del palacio de Marly, hasta 1794, cuando fueron trasladados a la Plaza de la Concordia, donde comienza la avenida Campos Elíseos. Las esculturas actuales son réplicas, las originales se exhiben en el museo del Louvre. *[N. de la T.]*

Al dar vuelta en la esquina de los Campos Elíseos, el coche se detuvo y un hombre alto se separó de un grupo con el que platicaba para ir a hablar con ella.

Conversaron un momento; luego, el joven volvió con sus amigos y los caballos reemprendieron la marcha. Me acerqué al grupo, reconocí al hombre que había hablado con Marguerite, era ese conde de G., a quien reconocí por el retrato y a quien Prudence señaló como aquel a quien Marguerite debía su posición.

Fue a él a quien le había prohibido entrar a su casa la noche anterior; supuse que ella detuvo su coche para darle explicaciones sobre el hecho y yo esperaba que, al mismo tiempo, hubiera encontrado algún nuevo pretexto para no recibirlo en la siguiente velada.

Ignoro cómo transcurrió el resto del día; caminé, fumé, platiqué; pero a las diez de la noche ya no recordaba lo que había dicho ni a las personas a quienes había encontrado.

Todo lo que recuerdo es que regresé a casa, que pasé tres horas acicalándome y que miré el reloj de péndulo y mi reloj de bolsillo unas cien veces; por desgracia, ambos avanzaban al mismo ritmo.

Cuando dieron las diez y media me dije que era el momento de partir.

En aquella época yo vivía en la calle Provence. Seguí la calle Mont-Blanc, atravesé el bulevar, tomé la calle Louis-le-Grand, la calle de Port-Mahon y la calle d'Antin. Luego miré hacia las ventanas de Marguerite. Estaban iluminadas. Toqué y le pregunté al portero si la señorita Gautier se encontraba en casa.

Él me respondió que jamás regresaba antes de las once u once y cuarto cada noche.

Miré mi reloj. Pensé que había hecho el camino muy

despacio, pero no me llevó más que cinco minutos llegar a casa de Marguerite desde la calle Provence.

Decidí pasear por esa calle sin tiendas, desierta a esa hora. Marguerite llegó al cabo de media hora. Bajó de su berlina y miró a su alrededor como si buscara a alguien.

El coche se alejó; las cuadras y la cochera no estaban en la casa. En el momento en el que Marguerite iba a tocar, me acerqué a ella.

—¡Buenas noches!

—¡Ah! ¿Es usted? —me dijo en un tono poco tranquilizador en cuanto al placer que le producía que yo me encontrara ahí.

—¿No me dio permiso de venir a visitarla hoy?

—Cierto, lo había olvidado.

Sus palabras echaron por tierra todas mis reflexiones de la mañana. Sin embargo, comenzaba a acostumbrarme a sus modales y no me marché; algo que sin duda habría hecho en otro tiempo.

Entramos, Nanine ya había abierto la puerta.

—¿Prudence ha vuelto? —preguntó Marguerite.

—No, señora.

—Ve a decirle que venga en cuanto vuelva. Antes apaga la lámpara de la sala y, si alguien viene, responde que aún no he regresado y que no regresaré.

Era la actitud de una mujer preocupada por algo, y quizá molesta por un imprevisto. Yo no sabía qué cara poner ni qué decir. Marguerite se dirigió a su recámara y yo permanecí donde estaba.

—Venga —me dijo.

Se quitó el sombrero y el abrigo de terciopelo y los arrojó sobre su cama; luego, se dejó caer en un gran sofá cerca de la chimenea que mandaba encender hasta principios del verano y me dijo mientras jugueteaba con la cadena de su reloj:

—Y bien, ¿qué me cuenta de nuevo?

—Nada, solo que me equivoqué al venir esta noche.

—¿Por qué?

—Porque parece contrariada y, sin duda, la molesto.

—Usted no me molesta, es solo que estoy enferma, me he sentido indispuesta todo el día, no dormí y tengo una migraña terrible.

—¿Desea que me retire para dejarla dormir?

—¡Oh!, puede quedarse. Si quiero acostarme, no tengo inconveniente en hacerlo frente a usted.

En ese momento, llamaron a la puerta.

—¿Quién viene a esta hora? —dijo con un tono impaciente.

Unos instantes después, volvieron a llamar.

—¿Qué no hay nadie que abra? Voy a tener que abrir yo misma.

En efecto, se levantó al tiempo que me decía:

—Espere aquí.

Atravesó el departamento, oí que abría la puerta de la entrada y escuché.

La persona a la que le abrió se detuvo en el comedor. Con las primeras palabras reconocí la voz del joven conde de N.

—¿Cómo se encuentra esta noche? —preguntó.

—Mal —respondió, seca, Marguerite.

—¿La incomodo?

—Puede ser.

—¡Qué manera de recibirme! ¿Qué he hecho, querida Marguerite?

—Querido amigo, usted no ha hecho nada. Estoy

enferma y tengo que acostarme; así que hágame el favor de marcharse. Me fastidia regresar por la noche y verlo aparecer cinco minutos después. ¿Qué desea? ¿Qué sea su amante? Pues bien, ya le dije cien veces que no, que usted me exaspera terriblemente y que puede irse a otra parte. Se lo repito hoy, por última vez: usted no me interesa, que quede bien claro. Adiós. Mire, ahí viene Nanine; ella lo acompañará con la luz para alumbrarlo. Buenas noches.

Sin añadir una palabra más, sin escuchar lo que mascullaba el joven, Marguerite regresó a su recámara y cerró con violencia la puerta, por la que, a su vez, entró Nanine casi de inmediato.

—Escúchame —le dijo Marguerite—. Le dirás siempre a ese imbécil que no estoy o que no quiero recibirlo. Estoy harta de ver a gente que viene a solicitarme lo mismo, que me paga y cree que así ya se libró de mí. Si las mujeres que inician nuestro vergonzoso oficio supieran lo que es, preferirían antes hacerse doncellas. Pero no, la vanidad de tener vestidos, coches y diamantes es superior; creemos lo que escuchamos porque la prostitución tiene su fe, y el corazón, el cuerpo y la belleza se van desgastando poco a poco. Nos temen como a fieras salvajes, nos menosprecian como a parias, estamos rodeadas de gente que siempre nos quita más de lo que nos da, y un buen día reventamos como un perro, después de haber llevado a los otros a la perdición y habernos perdido nosotras mismas.

—Vamos, señora, cálmese —dijo Nanine—. Esta noche está muy nerviosa.

—Este vestido me molesta —continuó Marguerite, desabrochando las presillas de su corpiño—. Dame una bata. ¿Y Prudence?

—No ha regresado todavía, pero le dirán que venga a ver a la señora cuando vuelva.

—Esa es otra —agregó Marguerite mientras se quitaba el vestido y se ponía una bata blanca—, otra que sabe bien encontrarme cuando me necesita y que es incapaz de hacerme un favor. Sabe que espero esa respuesta esta noche, que la necesito, que estoy preocupada, y estoy segura de que se ha ido por ahí sin ocuparse de mí.

—Quizá la entretuvieron.

—Tráenos un ponche.

—Le hará daño otra vez —dijo Nanine.

—¡Mejor! También tráeme fruta, paté o un ala de pollo; cualquier cosa, pero de inmediato, tengo hambre.

Es inútil expresarle la impresión que me causaba aquella escena, lo adivina, ¿verdad?

—Usted cenará conmigo —me dijo—. Mientras tanto, tome un libro, voy un momento al tocador.

Encendió las velas de un candelabro, abrió una puerta que estaba al pie de la cama y despareció.

Me puse a pensar en la vida de esta chica y mi amor aumentó de compasión. Caminaba a zancadas por esa habitación, sumido en mis pensamientos, cuando entró Prudence.

—¡Vaya, es usted! —dijo—. ¿Dónde está Marguerite?

—En su tocador.

—Voy a esperarla. Oiga, ¿sabe que ella piensa que usted es encantador?

—No.

—¿No se lo ha insinuado?

—De ningún modo.

—¿Por qué está usted aquí?

—Vine a visitarla.

—¿A medianoche?

—¿Por qué no?

—¡Farsante!

—Me recibió muy mal.

—Verá cómo ahora lo recibe mejor.

—¿Eso cree?

—Le traigo una buena noticia.

—Muy bien. ¿Así que ella le ha hablado de mí?

—Anoche, o más bien esta noche, cuando usted se marchó con su amigo... Por cierto, ¿cómo está su amigo, Gaston R., me parece que se llama?

—Sí —respondí sin evitar sonreír al recordar el secreto que Gaston me confió y al ver que Prudence apenas recordaba su nombre.

—Es muy amable ese chico, ¿qué hace?

—Tiene veinticinco mil francos de renta.

—¡Ah! ¿En serio? En fin, volviendo al tema, Marguerite me interrogó sobre usted; me preguntó quién era, qué hacía, quiénes habían sido sus amantes; en fin, todo lo que se puede cuestionar sobre un hombre de su edad. Yo le dije todo lo que sé, además de que es un chico encantador, y eso es todo.

—Se lo agradezco. Ahora, dígame qué fue lo que le encargó ayer.

—Nada, lo dijo para que el conde se fuera. Pero hoy sí me hizo un encargo y esta noche le traigo la respuesta.

En ese momento, Marguerite salió de su tocador; se había puesto con coquetería el gorro de dormir, adornado con cintas amarillas que, técnicamente, se llamaban borlas. Se veía encantadora. Sus pies desnudos estaban cubiertos por unas zapatillas de raso y se había arreglado las uñas.

—¿Y bien? —dijo al ver a Prudence—. ¿Vio al duque?

—¡Que si lo vi!

—¿Y qué respondió?

—Me lo ha dado.

—¿Cuánto?

—Seis mil.

—¿Los tiene?

—Sí.

—¿Parecía contrariado?

—No.

—¡Pobre hombre!

Sería imposible describir el tono con el que pronunció ese «pobre hombre». Marguerite tomó los seis billetes de mil francos.

—Ya era hora —dijo—. Querida Prudence, ¿necesita dinero?

—Ya sabe, mi niña, que dentro de dos días será el 15, si pudiera prestarme trescientos o cuatrocientos francos me haría un gran favor.

—Mande a buscarlos mañana en la mañana, ahora es muy tarde para cambiarlo.

—No lo olvide.

—Quédese tranquila. ¿Cena con nosotros?

—No. Charles me espera en casa.

—¿Sigue usted loca por él?

—¡De atar, querida! Hasta mañana. Adiós, Armand.

La señora Duvernoy se marchó.

Marguerite abrió su secreter y metió los billetes de banco.

—Permítame que me acueste —dijo sonriendo de camino a su cama.

—No solo se lo permito, sino que se lo ruego.

Corrió hacia el pie de la cama la colcha de guipur que la cubría y se acostó.

—Ahora —dijo—, venga a sentarse a mi lado y conversemos.

Prudence tenía razón: la respuesta que le había traído a Marguerite la alegró.

—¿Me perdonará el mal humor de esta noche? —preguntó tomando mi mano.

—Estoy dispuesto a perdonarle muchos más.

—¿Me ama?

—Hasta la locura.

—¿A pesar de mi mal carácter?

—A pesar de todo.

—¡Júrelo!

—Sí —respondí en un murmullo.

Nanine entró en ese momento, llevaba platos con pollo frío, una botella de vino de Burdeos, fresas y dos cubiertos.

—No mandé hacer el ponche para ustedes —dijo Nanine—, el vino de Burdeos es mejor. ¿No es cierto, señor?

—Sin duda —respondí, aún emocionado por las últimas palabras de Marguerite y con la mirada ardiente fija en ella.

—Bien —dijo Marguerite—, pon todo eso sobre la mesita, acércala a la cama; nosotros mismos nos serviremos. Llevas ya tres noches en vela y seguramente tienes ganas de dormir. Ve a acostarte, ya no necesito nada más.

—¿Cierro la puerta con doble cerrojo?

—¡Ya lo creo! Sobre todo, di que no dejen entrar a nadie antes de mañana a mediodía.

Capítulo XII

—Perdona que te eche —me dijo Marguerite a las cinco de la mañana, cuando el día comenzó a despuntar a través de las cortinas—. El duque viene todas las mañanas; cuando venga, le diremos que estoy dormida y él quizá esperará a que me despierte.

Tomé entre mis manos la cabeza de Marguerite; su cabello suelto caía a su alrededor y le di el último beso.

—¿Cuándo volveré a verte? —pregunté.

—Escucha —respondió—, toma esa pequeña llave dorada que está sobre la chimenea y abre esa puerta; luego regresa la llave a su lugar y vete. En el día recibirás una carta con mis instrucciones; sabes que debes obedecer ciegamente.

—Sí, pero, ¿si te pidiera ya algo?

—¿Qué?

—Que me dejaras esa llave.

—Nunca, por nadie, he hecho esto que me pides.

—Pues hazlo por mí; te juro que yo no te amo como los otros te aman.

—Está bien, quédatela; pero te advierto que solo depende de mí que esa llave no te sirva para nada.

—¿Por qué?

—Porque la puerta tiene cerrojos por dentro.

—¡Malvada!

—Haré que los quiten.

—Entonces, ¿me amas un poco?

—No sé cómo explicarlo, pero me parece que sí. Ahora vete, me muero de sueño.

Permanecimos algunos segundos entrelazados y luego me marché.

Las calles estaban desiertas, la gran ciudad aún dormía, una brisa fresca corría por esos vecindarios que unas horas después estarían invadidas por el ruido de los hombres.

Me pareció que esta ciudad somnolienta me pertenecía; buscaba en mi recuerdo los nombres de aquellos cuya felicidad había envidiado hasta entonces y no recordé a nadie que pudiera ser más feliz que yo.

Sin duda, ser amado por una joven casta, revelarle ese primer misterio del amor, es una gran felicidad; pero es lo más sencillo del mundo. Apoderarse de un corazón que no tiene la costumbre de ser atacado significa entrar en una ciudad abierta y sin guarnición. La educación, el sentimiento del deber y la familia son centinelas aguerridos; pero no hay centinela, por más vigilante que sea, que no pueda ser burlado por una chica de dieciséis años a quien, gracias a la voz del hombre que ama, la naturaleza da sus primeros consejos de amor, tanto más ardientes cuanto más puros parecen.

Cuanto más cree la joven en el bien, con mayor facilidad se abandona, si no al amante, al menos al amor, ya que como no desconfía, está desprovista de fuerza, y lograr ser amado por ella es un triunfo que todo hombre de veinticinco años podrá permitirse cuando lo desee. Y esto es tan cierto que basta con observar cómo rodean a las jóvenes de vigilancia y protección. Los conventos no tienen muros lo suficientemente altos; las madres, cerraduras demasiado sólidas; ni la religión deberes tan asiduos como para mantener encerrados a esos encantadores pajarillos presos en sus jaulas, en las que ni siquiera se toman la molestia de echar flores. Cuánto deben desear ellas ese mundo que se les oculta; cómo no les va a parecer tentador; cómo no van a escuchar la primera voz que, a través de los barrotes, les cuenta secretos, y bendicen la mano que desvela el primer extremo del velo misterioso.

Pero ser amado por una cortesana es un triunfo mucho más difícil. En ellas, el cuerpo ha desgastado el alma, los sentidos han abrasado el corazón, el desenfreno ha acorazado los sentimientos. Conocen desde hace tiempo las palabras que uno les dice; saben de sobra los medios que se emplean e incluso han vendido el amor que inspiran. Aman por oficio, no por entusiasmo. Están mejor custodiadas por sus cálculos que una virgen por su madre y su convento. Fueron ellas quienes inventaron la palabra capricho para esos amores no comerciales que se permiten en ocasiones a manera de descanso, como excusa o consuelo; como los usureros que, tras explotar a mil personas, creen redimirse al prestar veinte francos a algún pobre diablo que muere de hambre, sin exigir intereses y sin pedirle recibo.

Entonces, cuando Dios permite el amor a una cortesana, ese amor que al principio parecía un perdón se convierte casi siempre para ella en un castigo. No hay absolución sin penitencia. Cuando una criatura que se reprocha todo su pasado de pronto se siente presa de un amor profundo, sincero, irresistible, del que jamás se creyó capaz; cuando ella confiesa ese amor, ¡cuánto la domina el hombre al que ama! Qué fuerte se siente él y con el derecho cruel de decirle: «ya no puedes hacer por amor nada que no hayas hecho por dinero».

En ese momento, ellas ya no saben qué pruebas dar. Cuenta la fábula que un niño, tras divertirse durante un buen tiempo gritando en el campo: «¡auxilio!» para importunar a los trabajadores, un día fue devorado por un oso sin que aquellos a quienes había engañado tantas veces creyeran que en esa ocasión los gritos que lanzaba eran reales. Lo mismo sucede con estas pobres chicas cuando aman en verdad. Han mentido tantas veces que ya es imposible creerles; se ven devoradas por su amor propio en medio de sus remordimientos.

De ahí esa gran abnegación, esos retiros austeros que algunas de ellas han dado como ejemplo.

Sin embargo, cuando el alma del hombre que inspira ese amor redentor es lo suficientemente generosa como para aceptarla sin recordar su pasado, cuando se abandona a él, cuando al fin ama como es amado, ese hombre agota de golpe todas las emociones terrestres y tras ese amor su corazón se cerrará a cualquier otro.

Estas reflexiones no las hice la mañana en la que volvía a casa. Quizá no se debía más que al presentimiento de lo que me iba a ocurrir, y a pesar de mi amor por Marguerite, no vislumbraba semejantes consecuencias; en este momento lo hago. Ahora que todo ha terminado irremediablemente, son el resultado natural de lo que sucedió.

Pero volvamos al primer día de aquella relación. Cuando volví a casa estaba loco de alegría. Al pensar que las barreras que mi imaginación había erigido entre Marguerite y yo habían desaparecido, que la poseía, que ocupaba un poco de su pensamiento, que en mi bolsillo tenía la llave de su departamento y el derecho de servirme de ella, estaba contento con la vida, orgulloso de mí, y amaba a Dios por permitir todo eso.

Un día, un joven pasa en la calle, se cruza con una mujer, la mira, se vuelve y retoma su marcha. No conoce a esta mujer; ella tiene placeres, penas, amores en los que él no tiene nada que ver. Para ella, él no existe y quizá, si hablara con él, se burlaría como Marguerite lo había hecho conmigo. Pasaron semanas, meses, años y, de pronto, cuando cada uno siguió su destino por caminos diferentes, la lógica del azar vuelve a ponerlos frente a frente. Esta mujer se convierte en la amante de ese hombre y lo ama. ¿Cómo? ¿Por qué? Sus dos existencias no son más que una; en el momento en el que se establece la intimidad, les parece que ha existido siempre y todo lo que precedió desaparece de la memoria de ambos amantes. Es curioso, admitámoslo.

En lo que a mí respecta, ya no recordaba cómo había vivido antes de la víspera. Todo mi ser se exaltaba de alegría al recordar las palabras que intercambiamos durante esa primera noche. O era fácil engañar a Marguerite o ella sentía por mí una de esas pasiones súbitas que aparecen desde el primer beso y que a veces también mueren como han nacido.

Cuanto más pensaba en ello, más me decía que Marguerite no tenía ninguna razón de fingir un amor que no sintiera, y me decía también que las mujeres tienen dos maneras de amar que pueden resultar una de la otra: o aman con el corazón o aman con los sentidos. A menudo, una mujer toma a un amante para obedecer a la sola voluntad de sus sentidos, y sin haberlo esperado, descubre el misterio del amor inmaterial y no vive más que para su corazón; con frecuencia, una chica que busca en el matrimonio la reunión de dos afectos puros, recibe esta súbita revelación del amor físico, esta enérgica conclusión de las más castas impresiones del alma.

Me quedé dormido en medio de esos pensamientos. Me despertaron cuando llegó una carta de Marguerite que decía lo siguiente:

> Estas son mis instrucciones: esta noche en el Vaudeville. Venga durante el tercer acto.
>
> M. G.

Guardé la nota en un cajón para tener siempre la realidad a la mano, en caso de que tuviera dudas, como me sucedía en ocasiones.

Como no especificaba que la visitara durante el día, no me atreví a ir a su casa; pero deseaba tanto verla antes de la noche que fui a Campos Elíseos en donde, como el día anterior, la vi pasar y volver.

A las siete llegué al Vaudeville. Nunca había entrado tan temprano a un teatro. Todos los palcos se llenaron, uno tras otro; solo uno permaneció vacío: el proscenio de platea.

Al inicio del tercer acto escuché que se abría la puerta de ese palco, sobre el cual tenía los ojos fijos casi constantemente, y Marguerite apareció.

Se sentó de inmediato al frente, miró entre las butacas de la orquesta, me vio y me agradeció con la mirada.

Estaba magníficamente hermosa esa noche.

¿Era yo la causa de esa coquetería? ¿Me amaba lo suficiente como para creer que cuanto más hermosa me pareciera, más feliz sería yo? Lo ignoraba todavía; pero si esa había sido su intención, lo había conseguido, porque cuando entró todas las cabezas voltearon unas hacia otras y hasta el actor que estaba en escena miró a la mujer que perturbaba de tal manera a los espectadores con su sola aparición.

Yo tenía la llave del departamento de esa mujer y en tres o cuatro horas ella sería mía de nuevo.

Condenamos a quienes se arruinan por actrices y meretrices; lo que me asombra es que no hagan por ellas veinte veces más locuras. Hay que haber vivido esa vida, como yo lo hice, para saber cómo las pequeñas vanidades de todos los días que brindan a su amante unen con fuerza en el corazón, puesto que no tenemos otra palabra, el amor que él siente por ella.

Prudence tomó asiento después en el palco y un hombre al que reconocí como el conde de G. se sentó al fondo.

Al verlo, un escalofrío traspasó mi corazón.

Sin duda, Marguerite se daba cuenta del efecto que producía en mí la presencia de ese hombre en su palco, porque me sonrió de nuevo y, dándole la espalda al conde, pareció interesarse en la obra. En el tercer entreacto, ella giró, dijo dos palabras, el conde abandonó el palco y Marguerite me hizo un gesto para que fuera a verla.

—¡Buenas noches! —me dijo cuando entré, al tiempo que me tendió la mano.

—¡Buenas noches! —respondí dirigiéndome a Marguerite y a Prudence.

—Tome asiento.

—Le quitaría el asiento a alguien. ¿El conde de G. no va a regresar?

—Sí; lo mandé a comprarme caramelos para que pudiéramos hablar usted y yo solos un momento. La señora Duvernoy conoce el secreto.

—Sí, mis niños —dijo ella—; no se preocupen, no diré nada.

—¿Qué le pasa esta noche? —me preguntó Marguerite al tiempo que se levantaba y se dirigía a la parte oscura del balcón para darme un beso en la frente.

—No me siento muy bien.

—Debe irse a acostar —dijo con aquel aire irónico tan adecuado a su rostro fino y espiritual.

—¿Dónde?

—En su casa.

—Sabe muy bien que no podría dormir.

—Entonces, no venga aquí a hacer pucheros porque vio a un hombre en mi palco.

—Esa no es la razón.

—Claro que sí, sé bien lo que le digo, se equivoca; pero no hablemos más de eso. Después del espectáculo, vaya a casa de Prudence y permanezca ahí hasta que lo mande llamar. ¿Me comprende?

—Sí.

¿Cómo podría desobedecer?

—¿Me sigue amando? —preguntó.

—¡Me lo pregunta!

—¿Pensó en mí?

—Todo el día.

—¿Sabe que tengo miedo de enamorarme de usted? Pregúnteselo a Prudence.

—¡Ah! —exclamó la gorda—, me aburre con eso hasta el cansancio.

—Ahora, regrese a su butaca; el conde va a regresar y es mejor que no lo encuentre aquí.

—¿Por qué?

—Porque su presencia le es desagradable.

—No, es solo que, si usted me hubiera dicho que deseaba venir al Vaudeville esta noche, yo hubiera podido ofrecerle este palco igual que él.

—Por desgracia, fue él quien me lo propuso sin que yo se lo pidiera y se ofreció a acompañarme. Usted lo sabe bien, no podía negarme. Todo lo que podía hacer era escribirle para decirle adónde iría para que pudiera verme, y porque yo también disfrutaría verlo a usted antes, pero puesto que es así como me lo agradece, tendré en cuenta la lección.

—Me equivoqué, discúlpeme.

—Ya era hora. Vuelva a su asiento y, sobre todo, no se ponga celoso.

Me besó de nuevo y yo salí. En el pasillo me encontré con el conde, quien regresaba. Volví a mi butaca.

Después de todo, la presencia del señor de G. en el palco de Marguerite era la cosa más normal del mundo. Él había sido su amante, le ofrecía un palco, la acompañaba al espectáculo, todo eso era natural; desde el momento en el que yo tenía por amante a una chica como Marguerite, más me valía aceptar sus costumbres.

No por eso dejé de sentirme muy desdichado el resto de la noche y me entristeció mucho ver que Prudence, el conde y Marguerite subían a la calesa que los esperaba en la puerta.

Sin embargo, un cuarto de hora después ya estaba en casa de Prudence; ella acababa de llegar.

Capítulo XIII

—Llegó casi tan rápido como nosotros —me dijo Prudence.

—Sí —respondí de inmediato—. ¿Dónde está Marguerite?

—En su casa.

—¿Sola?

—Con el señor de G.

Recorrí la sala a grandes zancadas.

—¿Qué le pasa?

—¿Cree que me parece divertido esperar aquí a que el señor de G. se marche de la casa de Marguerite?

—Usted tampoco es muy razonable que digamos. Comprenda que Marguerite no puede echar al conde a la calle. El señor de G. ha estado mucho tiempo con ella, siempre le ha dado mucho dinero, y lo sigue haciendo. Marguerite gasta más de cien mil francos al año; tiene muchas deudas. El duque le envía todo lo que ella le pide, pero no siempre se atreve a solicitarle todo lo que necesita. No puede enemistarse con el conde porque él le proporciona al menos diez mil francos al año. Marguerite siente mucho cariño por usted, querido amigo, pero por el interés de ambos, su relación con ella no puede ser seria. Con sus siete u ocho mil francos de pensión no podrá mantener el lujo de esa joven; no bastarían siquiera para los gastos de su coche. Tome a Marguerite como es, una buena chica, ingeniosa y bonita; sea su amante durante uno o dos meses; regálele ramos de flores, caramelos y palcos; pero no se meta nada más en la cabeza y no le haga escenas ridículas de celos. Usted sabe muy bien con quién está tratando; Marguerite no es virtuosa. Usted le agrada y usted la quiere, no se preocupe de lo demás. ¡Me parece encantador cuando se hace el susceptible! ¡Tiene a la amante más agradable de París! Ella lo recibe en un departamento magnífico, cubierta de diamantes, no le costará un centavo si usted quiere, ¡y sigue descontento! ¡Qué demonios, pide demasiado!

—Tiene razón, pero es más fuerte que yo. Pensar que ese hombre es su amante me hace un daño terrible.

—En primer lugar —repuso Prudence—, ¿sigue siendo su amante? Es un hombre al que necesita, nada más. Desde hace dos días le cierra su puerta; él vino esta mañana y ella no tuvo más remedio que aceptar su palco y permitir que la acompañara. Él la acompañó de regreso, subió un momento al departamento y no va a quedarse, puesto que usted está aquí esperando. Me parece que todo eso es natural. Por otro lado, al duque lo tolera, ¿cierto?

—Sí, pero él es un anciano y estoy seguro de que Marguerite no es su amante. Además, a veces uno puede aceptar una relación, pero no dos. Esta capacidad se parece mucho a un cálculo y el hombre que consiente en ella, incluso por amor, se acerca a quienes, en una escala más baja, hacen de ese consentimiento un oficio, y de ese oficio, dinero.

—¡Ah, querido! ¡Qué retrógrada es usted! A cuántos de los más nobles, de los más elegantes y de los más ricos no he visto hacer esto que le estoy aconsejando, ¡y sin ningún esfuerzo, sin vergüenza ni remordimientos! Es algo que se ve todos los días. ¿Qué quiere usted que hagan las mujeres mantenidas de París para llevar ese tren de vida si no tuvieran tres o cuatro amantes a la vez? No hay fortuna alguna, por considerable que sea, capaz de sufragar por sí sola los gastos de una mujer como Marguerite. Una renta de quinientos mil francos es una fortuna enorme en Francia; pues bien, querido amigo, quinientos mil francos de renta no serían suficientes, y le explico por qué: un hombre que disponga de tales ingresos tiene también una casa, caballos, sirvientes, coches, cacerías, amigos; en general está casado, tiene hijos, participa en las carreras, juega, viaja, ¡qué sé yo! Todas esas costumbres están tan arraigadas que es imposible prescindir de ellas sin terminar en la bancarrota y armar un escándalo. En resumidas cuentas, con quinientos mil francos anuales, no puede darle a una mujer más de cuarenta mil o cincuenta mil en el curso del año, y aun eso es mucho. Pues bien, otros amores completan el gasto anual de la mujer. Con Marguerite es incluso más cómodo; por un milagro del cielo cayó sobre un viejo rico con diez millones, cuya esposa e hija han muerto, cuyos sobrinos son también ricos y que le proporciona todo lo que ella desea sin pedirle nada a cambio; no obstante, ella no puede pedirle más de setenta mil francos al año y estoy segura de que si le pidiera más, a pesar de su fortuna y del afecto que siente por ella, se lo negaría.

»Todas esas personas que cuentan con veinte o treinta mil libras de renta en París, es decir, apenas de qué vivir en el mundo que frecuentan, cuando son los amantes de una mujer como Marguerite saben muy bien que ella no podrá pagar siquiera su departamento y a sus sirvientes con lo que le dan. No le dicen que lo saben, fingen no darse cuenta de nada, y cuando se hartan, se van. Si son tan vanidosos como para correr con todos los gastos, se arruinan como tontos y se van a buscar la muerte a África, dejando tras de sí cien mil francos de deudas en París. ¿Cree usted que la mujer lo agradece? De ninguna manera; por el contrario, ella dirá que sacrificó su posición y que, mientras estuvo con ellos, perdió dinero. ¡Ah!, todos estos detalles le parecen vergonzosos, ¿cierto? Es la verdad. Usted es un joven encantador y lo estimo de todo corazón, pero llevo veinte años conviviendo con cortesanas y sé qué son y lo que valen; no quisiera ver que se toma en serio el capricho que una bella chica siente por usted.

»Aparte de eso —continuó Prudence—, admitamos que Marguerite lo quiere lo suficiente como para renunciar al conde y al duque, en caso de que este se diera cuenta de su relación y la obligara a elegir entre usted o él; es innegable que el sacrificio que ella haría por usted sería enorme. ¿Podría usted hacer por ella un sacrificio similar? Cuando se haya saciado, cuando se canse de ella, ¿qué haría para resarcirla de todo lo que perdió por usted? Nada. La habría aislado del mundo en el que se encontraban su fortuna y su porvenir, ella le hubiera dado sus mejores años y luego sería olvidada. O, si fuera un hombre ordinario, le echaría en cara su pasado; le diría que al marcharse solo actúa como sus otros amantes y la abandonaría a una miseria segura;

por el contrario, si fuera un hombre honrado y se viera obligado a permanecer a su lado, usted se sometería a una desgracia inevitable, ya que una relación de este tipo, si bien excusable en un joven, no lo es en un hombre maduro. Se convierte en un obstáculo para todo: no permite tener familia ni ambición, esos segundos y últimos amores del hombre. Créame, amigo, tome las cosas por lo que valen, a las mujeres por lo que son, y no le otorgue a una amante el derecho de llamarse su acreedora en ningún sentido.

Aquello estaba bien razonado y poseía una lógica de la que no hubiera creído capaz a Prudence. No supe qué responder, más que tenía razón; le di la mano y le agradecí sus consejos.

—Vamos, vamos —agregó—, olvídese de esas teorías perniciosas y ría; la vida es encantadora, querido, depende del cristal con que se mire. Hable con su amigo Gaston; es alguien que me da la impresión de que comprende el amor como yo lo entiendo. De lo que tiene que convencerse, a riesgo de convertirse en un joven insípido, es de que aquí junto hay una bella chica que espera con impaciencia que el hombre que está en su casa se marche; que piensa en usted, que le reserva la noche y que, estoy segura, lo quiere. Ahora, venga conmigo, asomémonos por la ventana y veamos salir al conde, quien no tardará en dejarnos el sitio libre.

Prudence abrió la ventana y apoyamos los codos en el alféizar, uno junto a otro. Ella observaba a los escasos peatones; yo soñaba.

Todo lo que me había dicho resonaba en mi cabeza y no podía evitar estar de acuerdo con ella; pero el amor real que sentía por Marguerite se avenía difícilmente a esas razones. De cuando en cuando dejaba escapar suspiros que hacían que Prudence volteara a verme, encogiéndose de hombros como un médico que pierde la esperanza de curar a un enfermo.

«A juzgar por la rapidez de las sensaciones, ¡qué pronto se da uno cuenta de que la vida es corta!», me decía a mí mismo. «Hace apenas dos días que conozco a Marguerite, es mi amante desde anoche y ha invadido mi pensamiento, mi corazón y mi vida de tal manera que la visita de ese conde de G. es una verdadera desgracia para mí».

Al fin el conde salió, subió a su coche y desapareció. Prudence cerró la ventana. En ese mismo instante, Marguerite nos llamó.

—Vengan rápido, están poniendo la mesa —dijo—. Vamos a cenar.

Cuando entré en su casa, Marguerite corrió a mi encuentro, me saltó al cuello y me besó con todas sus fuerzas.

—¿Seguimos de mal humor? —me preguntó.

—No, se acabó —respondió Prudence—. Le eché un sermón y prometió portarse bien.

—¡Enhorabuena!

No pude evitar echar un vistazo a la cama: no estaba deshecha; por su parte, Marguerite ya llevaba puesta una bata blanca.

Nos sentamos a la mesa.

Encanto, dulzura, diversión, Marguerite poseía todo; de cuando en cuando me veía obligado a reconocer que no tenía el derecho de pedirle otra cosa; cuánta gente sería feliz si estuviera en mi lugar y que, igual que el pastor de Virgilio, yo solo tenía que gozar los placeres que un dios, o más bien una diosa, me otorgaba.

Intenté poner en práctica las teorías de Prudence y mostrarme igual de jovial que mis dos compañeras; pero lo que para ellas era natural, en mí resultaba forzado; aunque mi risa nerviosa las engañara, estaba muy cerca de las lágrimas.

Al fin terminó la cena y me quedé solo con Marguerite. Como acostumbraba, se fue a sentar en la alfombra frente a la chimenea y se puso a mirar con aire triste las llamas del hogar.

¡Pensaba! ¿En qué? Lo ignoro; yo la observaba con amor, casi con terror al imaginar lo que estaba dispuesto a sufrir por ella.

—¿Sabes en qué pensaba?

—No.

—Se me ocurrió una treta.

—¿Qué tipo de treta?

—Aún no puedo decírtelo, pero puedo decirte el resultado. El resultado será que, en un mes, seré libre; no le deberé nada a nadie y nos iremos juntos al campo a pasar el verano.

—¿Y no puede decirme de qué medios se valdrá?

—No, solo es necesario que me ames como yo te amo y todo saldrá bien.

—¿Y lo ha ideado usted sola?

—Sí.

—¿Y lo llevará a cabo sola?

—Yo seré la única que enfrentará los problemas —respondió Marguerite con una sonrisa que jamás olvidaré—, pero ambos compartiremos los beneficios.

Al escuchar la palabra «beneficios» no pude evitar sonrojarme; recordé a Manon Lescaut quien, junto con Des Grieux, despilfarra el dinero del señor de B.

—Disculpe —respondí con un tono un poco duro,

poniéndome de pie—, querida Marguerite, que no comparta más beneficios que los que resultan de las iniciativas que concibo y exploto yo mismo.

—¿Eso qué significa?

—Que tengo fuertes sospechas de que el conde de G. está asociado con usted en este feliz proyecto, del que no acepto ni las cargas ni los beneficios.

—Es usted un niño. Creí que me amaba, pero me equivoqué. Está bien.

En ese momento se levantó, abrió el piano y se puso a tocar «Invitación al vals», hasta que llegó a ese famoso pasaje en sostenido en el que siempre se detenía.

¿Lo hizo por costumbre o para recordarme el día que nos conocimos? Todo lo que sé es que con esa melodía, los recuerdos se reavivaron y, acercándome a ella, tomé su rostro entre mis manos y la besé.

—¿Me perdona? —dije.

—Ya ve que sí —respondió—, pero tenga en cuenta que apenas estamos en el segundo día y que ya tengo algo que perdonarle. Mal cumple sus promesas de obediencia ciega.

—Qué quiere, Marguerite, la amo demasiado y siento celos hasta de su más mínimo pensamiento. Lo que acaba de proponerme me volverá loco de alegría, pero el misterio que precede a la ejecución de ese plan me estruja el corazón.

—Vamos, razonemos un poco —agregó tomándome por ambas manos y mirándome con una sonrisa encantadora, imposible de resistir—; usted me ama, ¿cierto?, y estaría feliz de pasar tres o cuatro meses en el campo solo conmigo. Yo también sería feliz con esa soledad compartida, no solo sería feliz, sino que lo necesito para mi salud. No puedo irme de París tanto tiempo sin poner en orden mis asuntos, y los asuntos de una mujer como yo siempre son muy complicados; pues bien, encontré la manera de conciliar todo, mis asuntos y mi amor por usted, sí, por usted; no se ría, ¡cometo la locura de amarlo! Y mire cómo usted se da grandes aires y me dice palabras altisonantes. Niño, tres veces niño, recuerde solo que lo amo y no se preocupe por nada. ¿Estamos de acuerdo?

—Estamos de acuerdo en todo lo que usted quiera, lo sabe.

—Entonces, antes de un mes estaremos en algún pueblo, nos pasearemos por la ribera y beberemos leche. Le parecerá extraño que hable así, yo, Marguerite Gautier; eso se debe, amigo mío, a que cuando la vida de París, que al parecer me hace tan feliz, no me quema, me aburre; entonces tengo aspiraciones repentinas de una existencia más tranquila que me recuerde mi infancia. Todos hemos tenido una infancia, independientemente de lo que seamos ahora. ¡Ah!, no se preocupe, no voy a decirle que soy hija de un coronel jubilado y que me crie en Saint-Denis. Soy una pobre campesina y hace apenas seis años ni siquiera sabía escribir mi nombre. Ya está más tranquilo, ¿verdad? ¿Por qué no fue usted el primero al que acudí para compartir la alegría del deseo que ahora siento? Sin duda porque reconocí que usted me amaba por mí y no por usted, en tanto que los otros solo me han amado por ellos mismos.

»He estado en el campo con frecuencia, pero nunca como me hubiera gustado ir. Cuento con usted para esta sencilla felicidad; no sea malo y concédamela. Piense lo siguiente: «No llegará a vieja y me arrepentiré un día de no haber hecho por ella lo primero que me pidió y que era muy fácil hacer».

¿Qué responder a tales palabras, sobre todo con el recuerdo de una primera noche de amor y en espera de la segunda?

Una hora más tarde tenía a Marguerite en mis brazos; si me hubiera pedido que cometiera un crimen, la hubiera obedecido.

Me marché a las seis de la mañana.

—¿Nos vemos esta noche? —le pregunté antes de partir.

Me besó con más fuerza, pero no me respondió.

Durante el día recibí una carta que contenía estas palabras:

> Querido mío:
>
> Estoy un poco indispuesta y el médico me ordenó reposo. Me acostaré temprano esta noche y no lo veré. Sin embargo, para recompensarlo lo esperaré mañana a mediodía.
>
> Lo amo.

«¡Me engaña!», fue lo primero que pensé.

Un sudor helado recorrió mi frente, puesto que ya amaba demasiado a esa mujer como para que esa sospecha no me afectara.

No obstante, tratándose de Marguerite debía esperarme un evento así casi todos los días; me había sucedido a menudo con mis otras amantes sin que me preocupara mucho. ¿A qué se debía, pues, el dominio que esa mujer tenía sobre mi vida?

Entonces pensé que, al tener la llave de su casa, podría ir a verla como de costumbre. De esa manera sabría de inmediato la verdad; si encontraba a un hombre, lo abofetearía.

Mientras tanto, fui a Campos Elíseos. Ahí me quedé cuatro horas y ella no apareció. En la noche entré a todos los teatros a los que acostumbraba acudir. No estaba en ninguno.

A las once de la noche fui a la calle d'Antin. No había luces en las ventanas de Marguerite; sin embargo, llamé a la puerta. El portero me preguntó a dónde iba.

—A casa de la señorita Gautier —respondí.

—No ha vuelto.

—La esperaré arriba.

—No hay nadie en su casa.

Era obvio que podía forzar esa consigna, puesto que tenía la llave, pero temí armar un escándalo ridículo, así que me marché.

Pero no volví a mi casa, no podía dejar la calle y no perdía de vista la casa de Marguerite. Me parecía que aún me enteraría de algo, o que al menos confirmaría mis sospechas.

Hacia medianoche, una berlina que conocía muy bien se detuvo frente al número 9.

El conde de G. bajó de ella y entró en la casa, después de despedir su coche.

Esperé un momento para que, como a mí, le dijeran que Marguerite no estaba en su casa y que lo vería salir; sin embargo, a las cuatro de la mañana yo seguía esperando.

He sufrido mucho desde hace tres semanas, pero creo que no es nada comparado con lo que padecí esa noche.

Capítulo XIV

Al volver a casa empecé a llorar como un niño. No existe un hombre a quien no hayan engañado al menos una vez y que no haya sufrido.

Bajo el peso de esas resoluciones febriles que siempre nos creemos con fuerza para cumplir, me dije que debía romper de inmediato con ese amor y esperé con impaciencia el día para ir a comprar el boleto y regresar al lado de mi padre y de mi hermana, un doble amor del que estaba seguro jamás me engañaría.

Sin embargo, no quería marcharme sin que Marguerite supiera por qué me iba. Solo un hombre que definitivamente no ama más a su amante la abandona sin escribirle.

Redacté y volví a redactar veinte cartas en mi mente.

Ya había tenido que ver con una chica parecida a todas las mujeres mantenidas, lo había poetizado en exceso y ella me trató como a un niño de escuela y para engañarme utilizó una treta de una simpleza insultante, eso quedó claro. Mi amor propio predominó. Tuve que abandonar a esa mujer sin darle la satisfacción de saber que esa ruptura me hacía sufrir; así que con mi caligrafía más elegante, lágrimas de rabia y dolor en los ojos, le escribí:

Querida Marguerite:

Espero que su indisposición de ayer no haya sido grave. A las once de la noche pasé a preguntar por usted y me respondieron que no había vuelto a casa. El señor de G. fue más afortunado que yo, puesto que llegó unos momentos después y, a las cuatro de la mañana seguía en su casa.

Disculpe las horas aburridas que le hice pasar y tenga por seguro que jamás olvidaré los momentos felices que le debo.

Desearía ir hoy para tener noticias suyas, pero pienso regresar al lado de mi padre.

Adiós, mi querida Marguerite; no soy lo suficientemente rico para amarla como yo quisiera, ni lo suficientemente pobre para amarla como usted lo quiere. Olvidemos, pues; usted un nombre que debe serle un poco indiferente; yo, una felicidad que me resulta imposible.

Le devuelvo su llave, que nunca me ha servido y podría serle útil si se enferma tan a menudo como anoche.

Como puede ver, no tenía la fuerza de terminar esta carta sin una ironía impertinente, una muestra de cuán enamorado estaba.

Leí y releí diez veces esa carta, y pensar en la pena que le causaría a Marguerite me calmó un poco. Traté de envalentonarme con los sentimientos que la misiva mostraba y, cuando a las ocho de la noche mi sirviente entró, le di la carta para que la llevara de inmediato.

—¿Debo esperar respuesta? —me preguntó Joseph (mi sirviente se llamaba Joseph, como todos los sirvientes).

—Si le preguntan si espera respuesta, diga que no sabe nada y espere.

Me aferré a la esperanza de que ella respondiera. ¡Qué pobres y débiles somos!

Todo el tiempo que mi sirviente estuvo fuera me vi preso de un nerviosismo extremo. Unas veces recordaba cómo Marguerite se había entregado a mí, me preguntaba con qué derecho le escribía una carta tan impertinente, cuando ella podía responderme que no era el señor de G. quien me engañaba, sino yo quien engañaba al señor de G., un razonamiento que permite a muchas mujeres tener varios amantes. Otras veces recordaba los juramentos de esa chica; quería convencerme de que mi carta era demasiado dulce y que no había expresiones lo suficientemente fuertes para enfrentar a una mujer que se reía de un amor tan sincero como el mío. Luego me decía que hubiera sido mejor no escribirle, sino ir a su casa durante el día y, de esa manera, gozar las lágrimas que le habría hecho derramar.

Por último, me preguntaba qué me respondería, preparado ya para creer en la excusa que me daría.

Joseph regresó.

—¿Y bien? —pregunté.

—Señor —me dijo—, la señora estaba acostada y aún dormía, pero cuando despierte le darán la carta y, si hay respuesta, la traerán.

¡Dormía!

Estuve veinte veces a punto de enviar a alguien a buscar esa carta, pero siempre me decía: «Quizá ya se la entregaron y parecerá que me arrepentí».

Entre más se acercaba la hora en la que era probable que me respondiera, más me arrepentía de haberle escrito.

Dieron las diez, las once, mediodía.

A las doce llegó el momento de acudir a la cita, como si nada hubiera pasado. En conclusión, no sabía qué imaginar para salir del círculo de hierro que me atenazaba.

Entonces, con esa superstición de las personas que esperan, pensé que si salía un rato, a mi regreso encontraría una respuesta. Las respuestas que se aguardan con impaciencia siempre llegan cuando uno no está en casa.

Salí con el pretexto de ir a comer. En lugar de almorzar en el café Foy, en la esquina del bulevar, como era mi costumbre, preferí ir al Palais-Royal y pasar por la calle d'Antin. Cada vez que percibía de lejos a una mujer, creía ver a Nanine que me llevaba una respuesta. Pasé por la calle d'Antin sin siquiera encontrarme con un recadero. Llegué al Palais-Royal y entré al restaurante Véry. El mesero me dio de comer, o más bien me sirvió lo que él quiso, porque no comí.

A mi pesar, mis ojos seguían fijos en el reloj.

Regresé, convencido de que encontraría una carta de Marguerite.

El portero no había recibido nada. Esperaba aún alguna noticia de mi sirviente, pero él no había visto a nadie desde que yo salí.

Si Marguerite me hubiera respondido, ya lo hubiera hecho desde hacía tiempo.

Entonces empecé a lamentar el tono de mi carta; debí callar por completo. Sin duda, su inquietud la habría obligado a dar el primer paso porque, al no verme llegar a la cita de la víspera, me habría preguntado los motivos de mi ausencia y solo entonces yo le hubiera dado explicaciones. De este modo no habría podido hacer más que disculparse; lo que yo quería era que se disculpara. Sentía que cualquiera que fuera su excusa, yo la habría creído y que hubiera preferido cualquier cosa antes que no volver a verla.

Llegué a creer que ella misma vendría a mi casa, pero las horas pasaron y ella no llegó.

Definitivamente, Marguerite no era como todas las otras mujeres, porque muy pocas no responden algo al recibir una carta como la que yo escribí.

A las cinco corrí a Campos Elíseos.

«Si me encuentro con ella, fingiré indiferencia y eso la convencerá de que ya no pienso en ella», pensé.

Al dar vuelta en la calle Royale la vi pasar en su coche; el encuentro fue tan repentino que palidecí. Ignoro si percibió mi emoción; yo estaba tan turbado que solo vi su coche.

No seguí mi paseo hasta Campos Elíseos. Miré los carteles de los teatros, puesto que aún tenía una oportunidad de verla. Había un estreno en el Palais-Royal; sin duda, Marguerite asistiría a él.

Llegué al teatro a las siete.

Todos los palcos se llenaron, pero Marguerite no apareció.

Entonces, salí del Palais-Royal y fui a todos los teatros a los que acudía de manera habitual: al Vaudeville, Variétés y la Opéra-Comique.

No estaba en ninguna parte.

O bien mi carta la había apenado demasiado como para que se ocupara de los espectáculos, o temía encontrarse conmigo y deseaba evitar darme explicaciones. Eso era lo que me murmuraba mi vanidad mientras caminaba por el bulevar, cuando de pronto me encontré con Gaston, quien me preguntó de dónde venía.

—Del Palais-Royal.

—Yo de la Ópera —me dijo—. Creía que lo vería ahí.

—¿Por qué?

—Porque ahí estaba Marguerite.

—¡Ah! ¿Ahí estaba?

—Sí.

—¿Sola?

—No, con una amiga.

—¿Nada más?

—El conde de G. entró un momento a su palco, pero ella se marchó con el duque. A cada instante creía que usted aparecería; a mi lado había una butaca que permaneció vacía toda la noche, y estaba convencido que usted la había reservado.

—¿Por qué iría a donde va Marguerite?

—¡Porque usted es su amante, por Dios!

—¿Y quién se lo dijo?

—Prudence, me la encontré ayer. Lo felicito, querido; es una amante hermosa que no todo el que quiere, la tiene. Cuídela, ella lo honra.

Esa sencilla reflexión de Gaston me mostró lo ridículas que eran mis susceptibilidades.

Si me lo hubiera encontrado anoche y me hubiera dicho esto, sin duda yo no habría escrito esa estúpida carta en la mañana.

Estuve a punto de ir a casa de Prudence y mandar decir a Marguerite que deseaba hablar con ella, pero temí que, para vengarse, me respondiera que no podía recibirme; así, volví a mi casa después de pasar por la calle d'Antin.

Le pregunté de nuevo a mi portero si había llegado una carta para mí. ¡Nada! «Habrá querido ver si hacía algo más y me retractaba de mi carta de hoy», me dije al acostarme. «Pero al ver que no le escribo, ella me escribirá mañana».

Esa noche en particular me arrepentí de lo que había hecho. Estaba solo en casa, no podía dormir, devorado por la inquietud y los celos; de haber dejado que las cosas siguieran su verdadero curso, estaría al lado de Marguerite, escuchando las encantadoras palabras que solo le había escuchado decir dos veces y que me quemaban los oídos en mi soledad.

Lo horrible de mi situación era que mi razonamiento era erróneo; en efecto, todo me decía que Marguerite me amaba. Primero, ese proyecto de pasar el verano solo conmigo en el campo; luego, la certeza de que nada la obligaba a ser mi amante, puesto que mi fortuna era insuficiente para sus necesidades e incluso para sus caprichos. En ella no había más que la esperanza de encontrar en mí un afecto sincero, capaz de hacerla descansar de los amores mercenarios en medio de los cuales vivía, y a partir del segundo día yo destruí esa esperanza y pagaba con una ironía impertinente el amor aceptado durante dos noches. Lo que estaba haciendo, pues, más que ridículo era descortés. ¿Le había pagado a esa mujer para tener el derecho de censurar su vida? Al retirarme a partir del segundo día, ¿no parecía un parásito del amor que teme que le rindan cuentas? ¡Cómo! Apenas habían pasado treinta y seis horas desde que conocí a Marguerite, y veinticuatro de ser su amante, y ya me hacía el quisquilloso; en lugar de alegrarme de que compartiera una parte conmigo, yo quería tener todo para mí solo y obligarla a romper de golpe las relaciones de su pasado, que eran los ingresos de su futuro. ¿Qué tenía que reprocharle? Nada. Me escribió para decirme que estaba indispuesta, cuando pudo haberme dicho sin ambages, con la odiosa franqueza de ciertas mujeres, que debía recibir a un amante; y en lugar de creer en su carta, en lugar de ir a pasear por todas las calles de París, salvo por la calle d'Antin, en lugar de pasar la velada con mis amigos y presentarme al día siguiente a la hora que ella me había indicado, yo hacía de Otelo, la espiaba, creía castigarla al no verla más. Por el contrario, ella debía estar encantada con esta separación; yo debía parecerle soberanamente idiota y su silencio ni siquiera era rencor, sino desdén.

Hubiera tenido que ofrecerle un regalo a Marguerite, uno que no dejara ninguna duda en cuanto a mi generosidad y que me hubiera permitido, al tratarla como cortesana, creerme en paz con ella. Sin embargo, con el menor gesto mercantil habría creído ofender, si no el amor que ella sentía por mí, al menos el amor que yo sentía por ella; y como ese amor era tan puro que no admitía compartirlo, no podía pagar con un regalo, por hermoso que fuera, la felicidad que le habían brindado, por breve que fuera.

Eso fue lo que me repetí durante toda la noche y lo que a cada instante estaba dispuesto a ir a decirle a Marguerite.

Cuando despuntó el día, yo seguía sin dormir; tenía fiebre, me era imposible pensar en otra cosa que no fuera en Marguerite. Como comprenderá, había que tomar una decisión y terminar con esa mujer o con mis escrúpulos, si es que aún me recibía.

A las nueve salí corriendo a casa de Prudence, quien me preguntó a qué debía esa visita matinal.

No me atreví a decirle con franqueza lo que me llevaba ahí. Le respondí que había salido temprano para reservar un lugar en la diligencia de C., donde vivía mi padre.

—Tiene mucha suerte de poder salir de París con este tiempo tan hermoso —me dijo.

Miré a Prudence y me pregunté si se estaba burlando de mí, pero su expresión era seria.

—¿Irá a despedirse de Marguerite? —continuó con la misma seriedad.

—No.

—Hace bien.

—¿Le parece?

—Naturalmente. Si rompió con ella, ¿para qué volver a verla?

—Entonces, ¿usted sabe de nuestra ruptura?

—Me enseñó su carta.

—¿Y qué le dijo?

—Me dijo: «¡Mi querida Prudence, su protegido es un maleducado, esas cartas se piensan, no se escriben!».

—¿En qué tono se lo dijo?

—Reía, y luego agregó: «Cenó dos veces en mi casa y ni siquiera llegó a hacerme la visita para hacer la digestión».

Ese era el efecto que mi carta y mis celos habían producido. Me vi cruelmente humillado en la vanidad de mi amor.

—¿Qué hizo ella anoche?

—Fue a la ópera.

—Lo sé. ¿Y después?

—Cenó en su casa.

—¿Sola?

—Con el conde de G., creo.

Así pues, mi ruptura no había cambiado en nada las costumbres de Marguerite. Es en esas circunstancias en las que algunas personas suelen decir: «No hay que pensar más en esa mujer que no lo ama».

—Vaya, me alegra saber que Marguerite no se aflige por mí —repuse con una sonrisa forzada.

—Y tiene mucha razón. Usted hizo lo que debía hacer, fue usted más razonable que ella, porque esa chica lo amaba, no hacía más que hablar de usted y hubiera sido capaz de cometer alguna locura.

—¿Por qué no me respondió, puesto que me ama?

—Porque comprendió que se había equivocado al amarlo. Además, las mujeres a veces permiten que se traicione su amor, pero jamás que lastimen su amor propio; y siempre se hiere el amor propio de una mujer cuando, dos días después de que se es su amante, la abandona, cualesquiera que sean las razones de esa ruptura. Conozco a Marguerite, se moriría antes de responderle.

—Entonces, ¿qué debo hacer?

—Nada. Ella lo olvidará, usted la olvidará y no tendrán nada que reprocharse el uno al otro.

—¿Y si le escribiera una carta para pedirle perdón?

—Ni se le ocurra, ella lo perdonará.

Estuve a punto de abrazar a Prudence.

Un cuarto de hora después había regresado a mi casa y le escribía a Marguerite:

> Alguien que se arrepiente de una carta escrita ayer, que se marchará mañana si usted no lo perdona, quisiera saber a qué hora podría depositar su arrepentimiento a sus pies.

¿Cuándo podría encontrarla sola?, porque, como usted sabe, las confesiones deben hacerse sin testigos.

Doblé esa suerte de madrigal en prosa y se lo envié con Joseph, quien le dio la carta a Marguerite personalmente; ella respondió que contestaría más tarde.

Yo salí solo para ir a cenar y a las once de la noche aún no había recibido respuesta.

Entonces decidí no seguir sufriendo más tiempo y marcharme al día siguiente. Como consecuencia de esta decisión, convencido de que no dormiría si me iba a acostar, me puse a hacer las maletas.

Capítulo XV

Joseph y yo llevábamos poco más de una hora preparando mi partida, cuando alguien tocó la puerta con violencia.

—¿Debo abrir? —preguntó Joseph.

—Abra —respondí, preguntándome quién podría venir a tales horas, sin atreverme a creer que fuera Marguerite.

—Señor —dijo Joseph al regresar—, son dos damas.

—¡Somos nosotras, Armand! —gritó una voz que reconocí como la de Prudence.

Salí de mi recámara.

Prudence, de pie, observaba las pocas curiosidades que había en mi sala; Marguerite, sentada en el sofá, reflexionaba.

Cuando entré, fui hasta ella, me arrodillé, le tomé ambas manos y, completamente conmovido, le dije:

—Perdón.

—Esta ya es la tercera vez que lo perdono —respondió dándome un beso en la frente.

—Iba a marcharme mañana.

—Mi visita no tiene por qué cambiar su decisión. No vine para impedirle irse de París, sino porque durante el día no tuve tiempo de responderle y no quise que creyera que estaba enfadada con usted. Prudence no quería que viniera; decía que quizá lo molestaría.

—¿Molestarme usted, Marguerite? ¿De qué manera?

—¡Pues podría haber una mujer en su casa! —respondió Prudence—, y no sería divertido para ella ver llegar a otras dos.

Durante esta observación de Prudence, Marguerite me miraba con atención.

—Mi querida Prudence —respondí—, usted no sabe lo que dice.

—Tiene un departamento muy bonito —agregó Prudence—. ¿Puedo ver la recámara?

—Sí.

Prudence entró a mi recámara, menos para visitarla que para corregir la tontería que acababa de decir y dejarnos solos a Marguerite y a mí.

—¿Por qué vino con Prudence? —le pregunté.

—Porque estábamos juntas en el teatro y quería que alguien me acompañara al salir de aquí.

—¿No estoy yo aquí?

—Sí; pero aparte de que no quería molestarlo, estaba segura de que al llegar a mi puerta me pediría subir a mi casa, y como no podía permitirlo, no quería que se fuera con el derecho a reprocharme una negativa.

—¿Y por qué no podía recibirme?

—Porque estoy muy vigilada y la más mínima sospecha podría hacerme un gran daño.

—¿Esa es la única razón?

—Si hubiera otra, se la diría; a estas alturas ya no hay secretos entre nosotros.

—Vamos, Marguerite, no quiero andarme con rodeos para llegar a lo que quiero decirle. Con toda franqueza, ¿me quiere un poco?

—Mucho.

—Entonces, ¿por qué me engañó?

—Amigo mío, si yo fuera duquesa de tal o de cual, si tuviera doscientos mil libras de renta y si fuera su amante y tuviera otro amante aparte de usted, tendría derecho a preguntarme por qué lo engaño; pero soy Marguerite Gautier, tengo deudas por cuarenta mil francos, ni un centavo de fortuna y gasto cien mil francos al año; su pregunta es ociosa y mi respuesta, inútil.

—Cierto —dije, dejando caer la cabeza sobre las rodillas de Marguerite—, pero es que yo la amo con locura.

—Y bien, amigo, debió haberme amado un poco menos o comprenderme un poco más. Su carta me apenó mucho. Si hubiera sido libre, en primer lugar no habría recibido antier al conde o, si lo recibía, habría venido aquí a pedirle el perdón que usted me pidió hace un momento, y yo no tendría en el futuro más amante que usted. Por un momento creí que podría darme esa alegría durante seis meses; usted no lo quiso, se empeña en conocer los medios. ¡Por Dios santo!, los medios eran muy fáciles de adivinar. Usted nunca hubiera creído el sacrificio tan grande que hacía al emplearlo. Hubiera podido decirle: necesito veinte mil francos; está enamorado de mí y los hubiera encontrado, a riesgo de reprochármelo más adelante. Preferí no deberle nada; usted no comprendió esa delicadeza, porque lo es. Cuando aún nos queda un poco de corazón, nosotras damos a las palabras y a las cosas una extensión y un desarrollo desconocidos para las otras mujeres; le repito que, en cuanto a Marguerite Gautier se refiere, encontró un medio para pagar sus deudas sin pedirle el dinero necesario para hacerlo, y usted debió aprovecharlo sin decir nada. Si me hubiera conocido hoy, se sentiría muy feliz con mis promesas y no me preguntaría lo que hice antier. En ocasiones nos vemos obligados a comprar una satisfacción para el alma a expensas de nuestro cuerpo y sufrimos mucho más cuando, más tarde, esa satisfacción se nos escapa.

Escuchaba y miraba a Marguerite con admiración. Al pensar que esta maravillosa criatura, cuyos pies hubiera deseado besar en otro tiempo, me permitía entrar en su pensamiento, darme un papel en su vida, y que yo no me conformaba con lo que me daba, me pregunté si el deseo del hombre tiene límites cuando, satisfecho de forma tan rápida como lo había sido el mío, aspira aún a otras cosas.

—Es cierto que nosotras —continuó—, criaturas del azar, tenemos deseos fantásticos y amores inconcebibles. Nos entregamos tanto para una cosa como para otra. Hay personas que se arruinan sin obtener nada de nosotras; otras, que nos consiguen con un ramo de flores. Nuestro corazón tiene caprichos; es su única distracción y su única excusa. Yo me entregué a ti más rápido que a cualquier otro hombre, te lo juro, ¿por qué? Porque al verme escupir sangre tomaste mi mano, porque lloraste, porque eres la única criatura humana que me compadece. Voy a decir una locura, pero antes tenía un perrito que me miraba con ojos tristes cuando yo tosía, es el único ser al que he amado. Cuando murió, lloré más que con la muerte de mi madre, aunque es cierto que ella me golpeó durante doce años de su vida; pues bien, yo te amé de inmediato tanto como a mi perro. Si los hombres supieran lo que se puede obtener con una lágrima, los querríamos más y los arruinaríamos menos.

»Tu carta te desmintió; me reveló que no tenías la inteligencia del corazón, perjudicó más el amor que sentía por ti que cualquier cosa que hubieras podido hacerme. Eran celos, cierto, pero celos irónicos e impertinentes. Cuando recibí tu carta ya estaba triste; esperaba verte a mediodía, almorzar contigo, borrar con tu imagen un pensamiento persistente que tenía y que, antes de conocerte, aceptaba sin esfuerzo. Además —continuó Marguerite—, tú eras la única persona frente a quien yo había creído comprender enseguida que podía pensar y hablar libremente. Las personas que rodean a las chicas como yo se interesan en escrutar sus más mínimas palabras, en sacar consecuencias de sus actos más insignificantes. Naturalmente, no tenemos amigos; tenemos amantes egoístas que gastan su fortuna, no en nosotras, como ellos aseguran, sino en su vanidad. Para esa clase de gente tenemos que estar alegres cuando ellos están contentos, gozar de buena salud cuando quieren cenar, mostrarnos escépticas al igual ellos. Tenemos prohibido tener un corazón, so pena de ser abucheadas y de arruinar su prestigio. Ya no nos pertenecemos. Ya no somos seres, sino cosas. Somos las primeras en su amor propio y las últimas en su estima. Tenemos amigas, amigas como Prudence, mujeres que fueron mantenidas y que aún tienen gustos costosos que su edad ya no les permite conseguir. De este modo, se vuelven nuestras amigas, o más bien, comen nuestros restos. Su amistad llega hasta el servilismo, pero jamás hasta el desinterés. Nunca te darán un consejo que no sea lucrativo. Les importa poco que tengamos diez amantes más, siempre y cuando ellas puedan obtener vestidos o un brazalete y que, en ocasiones, puedan pasearse en nuestro coche y asistir al espectáculo en nuestro palco. Se quedan con nuestros ramos de flores de la víspera y toman prestados nuestros abrigos de cachemira. Nunca nos hacen un favor, por pequeño que sea, sin hacernos pagar el doble de lo que vale. Tú lo viste con tus propios ojos la noche en la que Prudence me llevó los seis mil francos que le rogué que fuera a pedirle al duque en mi nombre; me pidió prestados quinientos francos que nunca me devolverá o que me pagará con sombreros que no saldrán de sus cajas.

»De este modo, no podemos tener, o más bien yo no podía tener, más que una alegría: triste, como estoy algunas veces; indispuesta, como estoy casi siempre, solo me quedaba encontrar a un hombre lo suficientemente superior para que no me pidiera cuentas de mi vida y para ser el amante de mis sensaciones, más que de mi cuerpo. Encontré a ese hombre en el duque, pero el duque es viejo y la vejez no protege ni consuela. Creí poder aceptar la vida que me ofrecía, pero, ¿qué quieres? Moría de aburrimiento, y para consumirse de ese modo, lo mismo da arrojarse a un incendio que asfixiarse con carbón. Entonces te encontré a ti, joven, ardiente, feliz, y traté de hacer de ti al hombre al que llamaba en medio de mi ruidosa soledad. Amaba en ti, no al hombre que eras, sino en el que te convertirías. Tú no aceptas ese papel, lo rechazas como indigno; eres un amante vulgar, haz como los otros: págame y no hablemos más.

Exhausta tras esta larga confesión, Marguerite se dejó caer sobre el respaldo del sofá y, para sofocar un leve ataque de tos, se llevó el pañuelo a los labios y a los ojos.

—Perdón, perdón —murmuré—. Ya había comprendido todo eso, pero quería escucharlo de ti, mi Marguerite adorada. Olvidemos el resto y no recordemos más que una cosa: que somos el uno para el otro, que somos jóvenes y que nos amamos. Marguerite, haz conmigo lo que quieras, soy tu esclavo, tu perro; pero, en nombre del cielo, rompe la carta que te escribí y no me dejes partir mañana, me moriría.

Marguerite sacó mi carta del corpiño de su vestido y me la entregó, con una sonrisa de inefable dulzura.

—Toma, te la traje —dijo.

Rompí la carta y con lágrimas en los ojos besé la mano que me la devolvía. En ese momento regresó Prudence.

—Prudence, ¿sabe qué es lo que me pide? —le preguntó Marguerite.

—Le pide perdón.

—Exacto.

—¿Y usted lo perdona?

—No tengo otro remedio. Pero también quiere otra cosa.

—¿Qué?

—Venir a cenar con nosotras.

—¿Y usted está de acuerdo?

—¿Qué le parece?

—Me parece que los dos son unos niños y que ninguno es sensato. Pero también creo que tengo mucha hambre y que, cuanto antes acepte, más pronto cenaremos.

—Vamos —dijo Marguerite—, los tres cabemos en mi coche. Escuche —agregó, dirigiéndose hacia mí—, Nanine estará ya acostada, abra la puerta, tome mi llave, y trate de ya no perderla.

Besé a Marguerite hasta ahogarla.

En ese momento entró Joseph.

—Señor —anunció con el tono de un hombre encantado consigo mismo—, el equipaje está listo.

—¿Por completo?

—Sí, señor.

—Muy bien; desempaque, ya no me voy.

Capítulo XVI

—Hubiera podido contarle en pocas frases el comienzo de esa relación —me dijo Armand—, pero quería que tuviera muy claros los acontecimientos y el aumento gradual por el que, en mi caso, llegué a condescender a todo lo que Marguerite deseaba, y en el caso de Marguerite, a no poder vivir más que conmigo.

Fue al día siguiente de la velada en la que ella vino a buscarme que le envié *Manon Lescaut*.

A partir de ese momento, como yo no podía cambiar la vida de mi amante, cambié la mía. Quería sobre todo impedir que mi mente tuviera tiempo de reflexionar sobre el papel que acababa de aceptar, ya que, muy a mi pesar, había concebido una gran tristeza. Asimismo, mi vida, de ordinario tan tranquila, de pronto adquirió una apariencia de ruido y desorden. No vaya a creer que, por desinteresado que sea, el amor que una cortesana siente por usted no cuesta nada. Nada es más caro que los miles de caprichos de flores, palcos, cenas, salidas al campo que uno no puede negar a su amante.

Como ya le mencioné, yo no tenía fortuna. Mi padre era, y sigue siendo, recaudador general en C. Goza de una gran reputación de lealtad, gracias a la cual encontró la fianza que debía depositar para entrar en funciones. Sus ingresos anuales son de cuarenta mil francos, y en los diez años que lleva de trabajo ha reembolsado la fianza e incluso ha podido ahorrar para la dote de mi hermana. Mi padre es el hombre más honorable que se pueda encontrar. Al morir, mi madre dejó una renta de seis mil francos que él dividió entre mi hermana y yo el día en que obtuvo el puesto que solicitaba; luego, cuando cumplí veintiún años, a ese pequeño ingreso añadió una pensión anual de cinco mil francos, asegurándome que con ocho mil francos podía ser muy feliz en París, si además de esa renta me aseguraba una posición en el colegio de abogados o en medicina. Así, vine a París, estudié derecho y me titulé de abogado; como muchos jóvenes, guardé mi diploma en el bolsillo y me dejé llevar un poco por la vida indolente de París. Mis gastos eran bastante modestos, gastaba en ocho meses los ingresos del año y pasaba los cuatro meses de verano en casa de mi padre; lo que a final de cuentas me daba doce mil libras de renta y una reputación de buen hijo. Por otra parte, no tenía una sola deuda.

Esa era mi situación cuando conocí a Marguerite.

Comprenderá que, a pesar mío, mi tren de vida aumentó. Marguerite tenía una naturaleza muy caprichosa y formaba parte de esa clase de mujeres que nunca han considerado como gasto consecuente las miles de distracciones que son parte de su existencia. Como resultado de ello, y puesto que quería pasar conmigo el mayor tiempo posible, me escribía en la mañana que comería conmigo, no en su casa, sino en algún restaurante, ya fuera en París o en el campo. Yo iba a buscarla, comíamos, asistíamos a un espectáculo, a menudo cenábamos y para la noche ya había gastado cuatro o cinco luises; es decir, dos mil quinientos o tres mil francos al mes y reducía mi anualidad a tres meses y medio. Esta situación me enfrentaba a la necesidad de endeudarme o abandonar a Marguerite. Yo podía aceptar cualquier cosa, salvo esta última opción.

Discúlpeme si le doy todos estos detalles, pero verá que fueron la causa de los acontecimientos que siguieron. Lo que le relato es una historia verdadera, sencilla, en la que conservo toda la ingenuidad de los detalles y toda la simplicidad del desarrollo.

Comprendí entonces que, como nada en el mundo tendría en mí la influencia de hacerme olvidar a mi amante, tenía que encontrar una manera de enfrentar los gastos que ella me ocasionaba. Además, ese amor me trastornaba al punto en que todos los momentos que pasaba lejos de Marguerite me parecían años, y que sentía la necesidad de quemar esos instantes al fuego de una pasión cualquiera, y de vivirlos con tanta rapidez que no me diera cuenta de que los vivía.

Empecé a pedir prestados cinco mil o seis mil francos de mi pequeño capital y empecé a apostar, porque desde que cerraron las casas de juego se juega en todas partes. Antes, cuando uno entraba en Frascati, cabía la posibilidad de hacer una fortuna: se apostaba y, si perdías, tenías el consuelo de pensar que hubieras podido ganar; pero ahora, salvo en los círculos en los que aún hay cierta severidad para el pago, tenemos casi la certeza, desde el momento en el que ganamos una cantidad importante, de que no la recibiremos. Se comprenderá fácilmente por qué.

El juego solo puede ser practicado por jóvenes con grandes necesidades y faltos de la fortuna necesaria para sostener la vida que llevan; por lo tanto, juegan y el resultado naturalmente es el siguiente: cuando unos ganan, los perdedores sirven para pagar los caballos y las amantes de esas personas, algo muy desagradable. Se contraen deudas, se empiezan relaciones alrededor de un tapete verde que terminan en querellas en las que el honor y la vida se desgarran siempre un poco; y cuando uno es un hombre honrado, se ve arruinado por otros jóvenes no menos honrados cuyo único defecto consistía en no tener doscientas mil libras de renta.

No necesito hablarle de quienes hacen trampa en el juego y de cuya marcha obligada y condena tardía nos enteramos el día menos pensado. De este modo, me lancé en aquella vida rápida, ruidosa y volcánica que antaño me horrorizaba siquiera pensar en ella y que se había vuelto para mí el complemento inevitable de mi amor por Marguerite. ¿Qué quería que hiciera?

Las noches que no pasaba en la calle d'Antin, de haberlas pasado solo en mi casa, no habría dormido. Los celos me hubieran tenido en vela, quemándome el pensamiento y la sangre; en tanto que el juego distraía por un momento la fiebre que habría invadido mi corazón y la llevaba a una pasión cuyo interés me dominaba, hasta que llegaba la hora de volver junto a mi amante. En ese momento, y ahí reconocía la violencia de mi amor, ya fuera que ganara o perdiera, me alejaba implacablemente de la mesa, compadeciendo a quienes dejaba ahí y que no irían, como yo, a encontrar la felicidad al retirarse.

Para la mayoría de la gente el juego era una necesidad; para mí, era un remedio. Curado de Marguerite, estaba curado del juego.

En medio de todo aquello, conservaba la sangre fría: no perdía más de lo que podía pagar y no ganaba más que lo que hubiera podido perder. Por lo demás, la suerte me favoreció. No tenía deudas y gastaba el triple de dinero que cuando no jugaba. No era fácil resistirse a una vida que me permitía satisfacer, sin ponerme en aprietos, los miles de caprichos de Marguerite. En cuanto a ella, me amaba tanto o incluso más.

Como le dije, al principio me recibía solo de la medianoche a las seis de la mañana; después, me admitió de vez en cuando en sus palcos; más tarde, venía a cenar en ocasiones conmigo. Una mañana me fui de su casa hasta las ocho, y llegó el día en que me marché hasta el mediodía.

En espera de la metamorfosis moral, una metamorfosis física hizo efecto en Marguerite. Yo había emprendido su recuperación y la pobre chica, al adivinar mi objetivo, me obedecía para mostrarme su agradecimiento. Sin mucha conmoción y sin esfuerzo había logrado aislarla casi por completo de sus antiguas costumbres. Mi médico, a quien le pedí que la atendiera, me dijo que solo el reposo y la calma podrían preservar su salud, de tal suerte que logré sustituir sus cenas y sus insomnios con un régimen saludable y un sueño regular. De manera inadvertida, Marguerite empezó a acostumbrarse a esta nueva existencia cuyos efectos beneficiosos advertía. Yo empecé a pasar algunas noches en su casa, o, si hacía buen tiempo, se envolvía en su chal de cachemira y se cubría con un velo, y como dos niños nos íbamos a pie a pasear en las tardes por las alamedas sombrías de Campos Elíseos. Volvía a casa cansada, cenaba un poco, se acostaba después de tocar un poco de música o de leer, algo que nunca antes había hecho.

La tos, que cada vez que la escuchaba me desgarraba el pecho, había desaparecido casi por completo.

Al cabo de seis semanas ya no se hablaba más del conde, definitivamente sacrificado; solo la existencia del duque me obligaba aún a esconder mi relación con Marguerite, e incluso a él lo despedía a menudo cuando yo estaba ahí, con el pretexto de que la señora dormía y había prohibido que la despertaran.

Derivado de la costumbre, e incluso de la necesidad que Marguerite había adquirido de verme, abandoné el juego justo en el momento en el que hubiera renunciado un jugador experimentado. A fin de cuentas, a consecuencia de mis ganancias era dueño de unos diez mil francos que me parecían un capital inagotable.

Llegó la época en la que acostumbraba visitar a mi padre y a mi hermana, pero yo no me fui; recibía con frecuencia cartas de uno y de otra en las que me rogaban que volviera a su lado.

A todas estas súplicas respondía lo mejor que podía; reiteraba que tenía buena salud y que no necesitaba dinero, dos cosas que, según yo, consolarían un poco a mi padre por el retraso de mi visita anual.

Entre tanto, una mañana Marguerite despertó con un sol resplandeciente, salió de la cama de un salto y me preguntó si quería llevarla a pasar todo el día en el campo.

Mandamos a buscar a Prudence y nos fuimos los tres, después de que Marguerite encargara a Nanine que le dijera al duque que ella quiso aprovechar ese día hermoso y que había salido al campo con la señora Duvernoy.

Aparte de que la presencia de la señora Duvernoy era necesaria para tranquilizar al viejo duque, Prudence era una de esas mujeres que parecían hechas expresamente para ese tipo de excursiones al campo. Con su alegría inalterable y su eterno apetito, no permitía ni un solo momento de aburrimiento a quienes la acompañaban y se encargaba a la perfección de ordenar los huevos, las cerezas, la leche, el conejo asado y todo lo que conforma una comida tradicional en los alrededores de París.

Solo nos faltaba saber adónde iríamos.

De nuevo, fue Prudence quien nos sacó de apuros.

—¿Quieren ir a un campo de verdad? —preguntó.

—Sí.

—Pues bien, vayamos a Bougival, en Point-du-Jour, donde la viuda Arnould. Armand, vaya a alquilar una calesa.

Una hora y media después estábamos donde la viuda Arnould. Quizá ya conoce esa posada, hotel entre semana y merendero los domingos. Desde el jardín, que está a la altura de un primer piso normal, la vista es magnífica. A la izquierda, el acueducto de Marly cierra el horizonte; a la derecha, la vista se extiende sobre un sinfín de colinas; el río, que a esa altura casi no lleva corriente, se despliega como una ancha cinta blanca tornasolada entre la llanura de los Gabillons y la isla de Croissy, eternamente mecida por el suave balanceo de los altos álamos y el murmullo de los sauces.

Al fondo, bajo un amplio rayo de sol, se elevan las pequeñas casas blancas de tejados rojos y las fábricas que, gracias a la distancia, pierden su carácter severo y comercial, y completan de forma admirable el paisaje. Detrás, ¡París en medio de la bruma!

Como nos había dicho Prudence, era el verdadero campo y, debo admitir, también fue una verdadera comida.

No digo todo esto por agradecimiento a la felicidad que le debí, pero Bougival, a pesar de su horrible nombre, es uno de los parajes más hermosos que uno pueda imaginar. He viajado mucho, he visto cosas más grandes, pero nunca más encantadoras que ese pequeño pueblo que se extiende alegre al pie de la colina que lo protege.

La señora Arnould nos ofreció organizarnos un paseo en barca y Marguerite y Prudence aceptaron encantadas.

Siempre relacionamos el campo con el amor; no es para menos, no hay mejor marco para la mujer amada que el cielo azul, los aromas, las flores, la brisa, la soledad resplandeciente de los sembradíos o los bosques. Por mucho que se ame a una mujer, por mucha confianza que se tenga en ella, cualquiera que sea la certeza que sobre el futuro nos brinde el pasado, siempre nos sentimos más o menos celosos. Si alguna vez ha estado enamorado, verdaderamente enamorado, habrá sentido esa necesidad de aislar del mundo al ser con el que desea vivir por completo. Parece que la mujer amada, por indiferente que ella sea a su entorno, perdiera algo de su perfume y de su unidad al contacto con los hombres y las cosas. Yo experimentaba aquello mucho más que cualquier otra persona. Mi amor no era un amor ordinario; estaba enamorado tanto como puede estarlo una criatura ordinaria, pero de Marguerite Gautier, es decir que en París, a cada paso, podía codearme con un hombre que había sido el amante de esta mujer o que lo sería al día siguiente. Mientras que, en el campo, en medio de gente que nunca habíamos visto y que no se ocupaba de nosotros, en el seno de una naturaleza engalanada de primavera, ese perdón anual, y separada del ruido de la ciudad, podía esconder mi amor y amar sin vergüenza y sin temor.

Ahí desaparecía poco a poco la cortesana. A mi lado tenía a una joven hermosa, a la que amaba, que me amaba y que se llamaba Marguerite: el pasado ya no tenía formas ni el futuro sombras. El sol iluminaba a mi amante como hubiera irradiado sobre la prometida más casta. Nos paseábamos juntos por esos lugares encantadores que parecían hechos expresamente para recordarnos los versos de Lamartine o cantar las melodías de Scudo. Marguerite llevaba un vestido blanco, se apoyaba en mi brazo, me repetía por las noches, bajo el cielo estrellado, las palabras que me había dicho la víspera, y el mundo continuaba su vida a lo lejos sin teñir con su sombra el retrato risueño de nuestra juventud y de nuestro amor.

Ese era el sueño que, a través de las hojas, me llevaba el sol ardiente de ese día, mientras que, tumbado sobre la hierba de la isla en la que habíamos atracado, libre de todos los lazos humanos que antaño la retenían, dejé que mi pensamiento vagara y recogiera todas las esperanzas que encontrara.

A eso agregue que, desde mi posición, veía sobre la ribera una casita encantadora de dos pisos con una reja semicircular; entre esta y la casa se extendía un césped verde como de terciopelo y detrás de la construcción, un bosquecillo lleno de escondites misteriosos que, cada mañana, debía borrar con su musgo el sendero que se había formado la víspera.

Unas flores trepadoras ocultaban la escalinata de esta casa deshabitada y la envolvían hasta el primer piso.

A fuerza de mirar esa casa, acabé por convencerme de que era mía, por lo bien que resumía mi sueño. Me veía ahí con Marguerite, durante el día en el bosque que cubría la colina y, en la noche, sentados sobre el césped; me preguntaba si algún ser terrenal habría sido alguna vez tan feliz como nosotros.

—¡Qué casa tan hermosa! —me dijo Marguerite, quien había seguido la dirección de mi mirada y, quizá, de mi pensamiento.

—¿Dónde? —preguntó Prudence.

—Allá abajo —respondió Marguerite señalando con el dedo la casa en cuestión.

—¡Ah!, encantadora —repuso Prudence—. ¿Le gusta?

—Mucho.

—¡Pues dígale al duque que la alquile para usted, estoy segura de que lo hará! Si usted quiere, yo me encargo.

Marguerite me miró como para preguntarme qué opinaba de aquella idea.

Mi sueño se esfumó con las últimas palabras de Prudence, que me lanzaron a la realidad de forma tan brutal que aún estaba aturdido por la caída.

—Es una idea excelente —mascullé sin saber lo que decía.

—¡Bien, yo me encargaré! —dijo Marguerite estrechando mi mano; interpretaba mis palabras según su deseo—. Veamos ahora mismo si la alquilan.

La casa estaba libre y la rentaban por dos mil francos.

—¿Será usted feliz aquí? —me preguntó.

—¿Puedo estar seguro de venir aquí?

—¿Y por quién más vendría yo a enterrarme aquí si no es por usted?

—Entonces, Marguerite, permítame que sea yo quien alquile esta casa.

—¿Está loco? No solo es inútil, sino que sería peligroso; sabe bien que no puedo aceptar nada más que de un solo hombre; déjemelo a mí, niñote, y no diga nada.

—Eso significa que, cuando tenga dos días libres, vendré a pasarlos con usted —comentó Prudence.

Salimos de la casa y retomamos el camino a París, conversando de aquella nueva decisión. Tenía a Marguerite entre mis brazos y, al bajar del coche, empecé a pensar en mi amante con una intención menos escrupulosa.

Capítulo XVII

Al día siguiente, Marguerite me despidió temprano, diciéndome que el duque llegaría esa mañana a primera hora y prometiendo que me escribiría cuando él se hubiera marchado para darme la cita de cada noche.

En efecto, en el transcurso del día recibí esta nota:

> Me voy a Bougival con el duque. Vaya a casa de Prudence esta noche, a las ocho.

A la hora indicada, Marguerite había regresado y se reunió conmigo en casa de la señora Duvernoy.

—Bien, ya todo está arreglado —dijo al entrar.

—¿Alquiló la casa? —preguntó Prudence.

—Sí, accedió enseguida.

Yo no conocía al duque, pero me avergonzaba engañarlo de aquella manera.

—¡Y eso no es todo! —agregó Marguerite.

—¿Qué más?

—Me encargué del alojamiento de Armand.

—¿En la misma casa? —preguntó Prudence entre risas.

—No, en Point-du-Jour, donde comimos el duque y yo. Mientras él contemplaba el paisaje, yo le pregunté a la señora Arnould, se llama Arnould, ¿verdad?, le pregunté si tenía algún departamento adecuado. Precisamente tenía uno con salón, antesala y dormitorio. Me parece que es todo lo que hace falta. Sesenta francos al mes. Está completamente amueblado, incluso la persona más maniática estaría satisfecha. Lo aparté; ¿hice bien?

Abracé a Marguerite.

—Será encantador —prosiguió—. Usted tendrá la llave de la puerta pequeña y le prometí al duque que le daría la llave de la reja, aunque nunca la usará porque no irá más que de día, si es que va. Entre nosotros, creo que está encantado con ese capricho que me aleja de París durante un tiempo y hará callar un poco a su familia. Sin embargo, me preguntó cómo yo, quien tanto ama París, había decidido enterrarme en el campo; le respondí que no me encontraba bien y que lo hacía para descansar. Me pareció que no me creyó del todo, ese pobre viejo siempre está al acecho. Tomaremos, pues, muchas precauciones, mi querido Armand; hará que me vigilen allá y lo más importante no es que me alquile la casa, sino que pague mis deudas, que desgraciadamente tengo algunas. ¿Está de acuerdo con todo esto?

—Sí —respondí, tratando de acallar todos los escrúpulos que esta manera de vivir a veces despertaba en mí.

—Examinamos la casa a detalle, estaremos de maravilla. El duque se preocupa por todo. ¡Ah!, querido

—agregó abrazándome, fuera de sí—, no tiene de qué quejarse, un millonario es quien le hace la cama.

—¿Y cuándo se mudan? —preguntó Prudence.

—Lo más pronto posible.

—¿Se lleva su coche y sus caballos?

—Me llevaré toda mi casa. Usted se encargará del departamento durante mi ausencia.

Ocho días después, Marguerite había tomado posesión de la casa de campo y yo me instalé en Point-du-Jour.

Entonces, comenzó una existencia que me costaría mucho trabajo describirle.

Al inicio de su estancia en Bougival, Marguerite no pudo abandonar por completo sus costumbres, y como la casa siempre estaba de fiesta, todas sus amigas iban a verla. Durante un mes no pasó un solo día sin que Marguerite recibiera a ocho o diez personas a la mesa. Por su parte, Prudence llevaba a toda la gente a la que conocía y les hacía todos los honores de la casa como si le perteneciera.

Como podrá imaginar, el dinero del duque pagaba todo aquello; sin embargo, de cuando en cuando Prudence me pedía mil francos, supuestamente en nombre de Marguerite. Ya sabe que había ganado algo en el juego, así que me apresuraba a darle a Prudence lo que Marguerite me solicitaba por su conducto; y por temor a que necesitara más de lo que yo tenía, regresé a París para pedir prestado un monto similar al que ya me habían prestado antes y que había reembolsado puntualmente.

Así pues, me vi de nuevo en posesión de unos diez mil francos, sin contar mi pensión. Sin embargo, los gastos en los que Marguerite incurría por el placer de recibir a sus amigas, mermaban un poco esa dicha; sobre todo por la necesidad que en ocasiones tenía de pedirme dinero. El duque, quien había alquilado esa casa para que Marguerite descansara, no aparecía por ahí por temor a encontrarse con una compañía alegre y numerosa con la que no quería dejarse ver. Eso se debía sobre todo a que, al llegar un día a cenar a solas con Marguerite, se encontró en medio de una comida de quince personas que aún no había terminado a la hora en la que él había pensado sentarse a cenar. Cuando, sin sospechar nada, abrió la puerta del comedor lo recibió una carcajada general y se vio obligado a marcharse intempestivamente frente a la impertinente alegría de las chicas que se encontraban ahí.

Marguerite se levantó de la mesa, fue a buscar al duque a la habitación contigua e hizo un gran esfuerzo para tratar de hacerlo olvidar aquella aventura; pero el anciano, lastimado en su amor propio, le guardó rencor; de manera muy cruel, le dijo a la pobre chica que estaba cansado de pagar las locuras de una mujer que ni siquiera podía hacer que lo respetaran en su propia casa y se marchó furibundo.

Desde ese día no supimos más de él. Aunque Marguerite despidió a sus invitados y cambió sus hábitos, el duque no dio más noticias suyas. Con ello yo logré que mi amante me perteneciera por completo y que mi sueño, al fin, se realizara. Marguerite ya no podía estar sin mí; sin importarle las consecuencias, proclamaba públicamente nuestra relación y yo incluso llegué a no salir de su casa. Los sirvientes me llamaban señor y me consideraban oficialmente como su amo.

Prudence criticó a Marguerite sobre esta nueva vida; pero ella respondió que me amaba, que no podía vivir sin mí y que, pasara lo que pasara, no renunciaría a la felicidad de tenerme a su lado constantemente; y agregó que todos aquellos a quienes no les gustara eran libres de no volver.

Eso fue lo que yo escuché un día en el que Prudence le dijo a Marguerite que tenía algo muy importante que comunicarle, mientras yo escuchaba a la puerta de la habitación donde ellas se encerraron.

Poco tiempo después, Prudence volvió. Yo estaba al fondo del jardín cuando entró y no me vio. Por la forma en la que Marguerite salió a su encuentro, supuse que tendría lugar una conversación parecida a la que ya había sorprendido, y quise escucharla, al igual que la anterior.

Las dos mujeres se encerraron en el tocador y yo me puse a escuchar.

—¿Qué pasa? —preguntó Marguerite.

—¡Qué va a pasar!, vi al duque.

—¿Y qué le dijo?

—Que con gusto le perdonaba lo que había sucedido, pero que se había enterado de que vivía públicamente con el señor Armand Duval y que eso no se lo perdonaría. «Que Marguerite abandone a ese joven», me dijo, «y le daré todo lo que quiera, como lo hacía antes; de lo contrario, deberá renunciar a pedirme nada más».

—¿Qué le respondió usted?

—Que yo le comunicaría su decisión y le prometí hacerla entrar en razón. Piense, querida niña, en la posición que pierde y que Armand jamás podrá ofrecerle. Él la quiere con toda su alma, pero no tiene la fortuna suficiente para atender todas sus necesidades y un día no le quedará más remedio que abandonarla, cuando sea demasiado tarde y el duque ya no pueda hacer nada por usted. ¿Quiere que hable con Armand?

Al parecer, Marguerite reflexionaba porque no respondió. El corazón me latía con violencia mientras esperaba su respuesta.

—No —respondió—, no abandonaré a Armand y no me esconderé para vivir con él. Quizá sea una locura, pero ¡lo amo! ¿Qué quiere que haga? Además, él ya se acostumbró a amarme sin obstáculos; sufriría demasiado si se viera obligado a alejarse de mí aunque fuera una hora al día. Por otra parte, yo ya no tengo tanto tiempo para vivir como para ser desdichada y hacer la voluntad de un viejo a quien solo verlo me hace envejecer. Que guarde su dinero, sobreviviré sin él.

—Pero, ¿cómo lo hará?

—No tengo idea.

Prudence sin duda iba a responder algo, pero yo entré de pronto y corrí a echarme a los pies de Marguerite, cubriendo sus manos de las lágrimas que la alegría de ser amado tanto me hacía derramar.

—Mi vida es tuya, Marguerite; no necesitas a ese hombre, ¿no estoy yo aquí? ¿Cómo abandonarte jamás?, ¿cómo pagarte lo suficiente la alegría que me brindas? No más obligaciones, mi Marguerite, ¡nos amamos! ¿Qué nos importa el resto?

—¡Ah, sí! ¡Te amo, mi Armand! —murmuró ella, pasando ambos brazos alrededor de mi cuello—. Te amo como nunca creí poder amar. Seremos felices, viviremos tranquilos y yo diré un adiós eterno a esa vida de la que ahora me avergüenzo. Tú jamás me reprocharás el pasado, ¿cierto?

Las lágrimas velaban mi voz. No pude responder más que estrechando a Marguerite contra mi corazón.

—Vamos —agregó dirigiéndose a Prudence con voz conmovida—, cuéntele esta escena al duque, y dígale que no lo necesitamos.

A partir de ese día no se habló más del duque. Marguerite ya no fue la mujer con quien me había relacionado; evitaba todo lo que me pudiera recordar la vida en la que la había conocido. Nunca ninguna mujer, nunca ninguna hermana tuvo con su esposo o con su hermano el amor y los cuidados que ella tenía hacia mí. Aquella naturaleza enfermiza estaba lista para todas las impresiones, accesible a todos los sentimientos. Acabó su relación con todas sus amigas y rompió con sus costumbres, con su lenguaje y con todos los gastos de antaño. Cuando nos veían salir de la casa para ir a pasear en una barquita encantadora que compré, jamás hubieran creído que esa mujer de vestido blanco, ataviada con un gran sombrero de paja y una sencilla pelliza de seda que debía protegerla de la frescura del agua, era Marguerite Gautier quien, cuatro meses antes, alardeaba de sus lujos y sus escándalos.

¡Ay!, nos apresurábamos en ser felices como si hubiéramos adivinado que no podríamos serlo por más tiempo.

Hacía ya dos meses que ni siquiera íbamos a París. Nadie había venido a vernos, salvo Prudence y esa Julie Duprat, de quien le hablé y a quien Marguerite entregaría más tarde el conmovedor relato que tengo aquí.

Pasaba días enteros a los pies de mi amante. Abríamos las ventanas que daban al jardín y mirábamos cómo el verano se dejaba caer feliz sobre las flores que había hecho brotar y, bajo la sombra de los árboles, respirábamos uno al lado del otro esa vida verdadera que ni Marguerite ni yo habíamos comprendido hasta entonces.

Esta mujer se maravillaba como una niña por lo más mínimo. Había días en los que corría por el jardín, como una chiquilla de diez años, tras una mariposa o una libélula. Esta cortesana que había destinado a ramos de flores más dinero que el necesario para que una familia entera viviera feliz, se sentaba en ocasiones sobre el césped, durante una hora, para examinar la sencilla flor cuyo nombre ella llevaba.

Fue durante ese tiempo que leyó con frecuencia *Manon Lescaut*. La sorprendí varias veces haciendo anotaciones en el libro; me decía siempre que, cuando una mujer ama, no puede hacer lo que hacía Manon.

El duque le escribió dos o tres veces. Ella reconoció la caligrafía y me dio las cartas sin leerlas. En ocasiones, el tenor de aquellas cartas me llenaba los ojos de lágrimas.

Él creyó que al cerrarle su bolsa, recuperaría a Marguerite, pero cuando vio lo inútil de esa medida, no pudo contenerse; le escribió para pedirle permiso de volver, como antes, sin importar las condiciones que ella pusiera para ese regreso.

Leí esas cartas apremiantes y reiteradas y las destruí sin decirle a Marguerite cuál era su contenido y sin aconsejarle volver a ver al anciano, aunque tuviera un sentimiento de compasión por el dolor del pobre hombre, pero temía que si volvía a aceptar las visitas del duque, ella viera en ese consejo el deseo de hacerle cargar con los gastos de la casa. Sobre todo, temía que me creyera capaz de negar la responsabilidad de su vida en todas las consecuencias adonde pudiera llevarla su amor propio.

Como resultado, al no recibir respuesta el duque dejó de escribir, y Marguerite y yo seguimos viviendo juntos sin ocuparnos del mañana.

Capítulo XVIII

Sería difícil darle detalles de nuestra nueva vida. Consistía en una serie de nimiedades, encantadoras para nosotros, pero insignificantes para las personas a quienes se les pudieran contar.

Usted sabe lo que es amar a una mujer, cómo se acortan los días y la amorosa pereza con la que uno se deja llevar hasta el día siguiente. No ignora ese olvido de todas las cosas, que nace de un amor arrebatado, confiado y compartido. Toda criatura que no sea la mujer amada es un ser inútil en la creación. Uno lamenta haber entregado partes de su corazón a otras mujeres y no vislumbra la posibilidad de estrechar jamás otra mano que no sea la que tiene entre las suyas. El cerebro no admite ni trabajo ni recuerdo, nada que pueda distraerlo del único pensamiento que se le ofrece sin cesar. Cada día descubrimos en nuestra amante un nuevo encanto, un deleite desconocido. La existencia no es más que la satisfacción reiterada de un deseo continuo, el alma ya no es más que la vestal encargada de mantener vivo el fuego sagrado del amor.

Con frecuencia, al caer la noche nos sentábamos en el bosquecillo que rodeaba la casa. Ahí escuchábamos la alegre armonía del crepúsculo, pensando ambos en la hora próxima que nos dejaría a uno en brazos del otro hasta el día siguiente. Otras veces permanecíamos acostados todo el día, sin dejar siquiera que el sol entrara a la habitación. Las cortinas estaban por completo corridas y, para nosotros, el mundo exterior se detenía un momento. Solo Nanine tenía permiso de abrir nuestra puerta, pero únicamente para llevarnos de comer; y lo hacíamos sin siquiera levantarnos, interrumpiéndonos sin cesar con risas y locuras. Después seguía un sueño de unos instantes, porque al desaparecer en nuestro amor éramos como dos buceadores obstinados que no vuelven a la superficie más que para tomar aire.

Sin embargo, a veces sorprendía a Marguerite en momentos de tristeza, incluso de lágrimas, y le preguntaba a qué se debía aquella pena repentina.

—Nuestro amor no es un amor ordinario, querido Armand —me respondía—. Tú me amas como si nunca le hubiera pertenecido a nadie y siento escalofrío al pensar que, más adelante, te arrepientas de tu amor, consideres mi pasado como un delito y me obligues a arrojarme de nuevo a la existencia de la que me sacaste. Piensa que ahora que he probado una nueva vida, moriría si retomara la anterior. Dime que nunca me abandonarás.

—¡Te lo juro!

Ante aquellas palabras, ella me miraba como para leer en mis ojos si mi juramento era sincero; luego, se lanzaba a mis brazos y ocultaba su rostro en mi pecho.

—¡No sabes cuánto te amo! —decía.

Una noche que estábamos recargados contra el alféizar, mirábamos la luna que parecía salir con dificultad de su lecho de nubes y escuchábamos el viento que se agitaba, ruidoso, entre los árboles. Estábamos tomados de la mano, y tras un buen cuarto de hora sin hablar, Marguerite me dijo:

—Ya llegó el invierno, ¿quieres que nos vayamos?

—¿A dónde?

—A Italia.

—¿Te aburres?

—Temo el invierno, y sobre todo temo regresar a París.

—¿Por qué?

—Por muchas razones.

Sin explicarme los motivos de sus temores, continuó.

—¿Quieres que nos vayamos? Venderé todo lo que tengo y nos iremos a vivir allá; no quedará nada de lo que alguna vez fui, nadie sabrá quién soy. ¿Quieres?

—Si eso te hace feliz, vámonos, Marguerite; hagamos un viaje —le respondí—; pero, ¿qué necesidad tienes de vender las cosas que estarás contenta de encontrar a tu regreso? No tengo una gran fortuna como para aceptar ese sacrificio, pero sí tengo lo suficiente para que podamos viajar a lo grande durante cinco o seis meses, si eso te complace de algún modo.

—Mejor no —dijo, alejándose de la ventana para sentarse en el sofá, en la penumbra de la habitación—. ¿Para qué gastar el dinero allá? Ya te cuesto bastante aquí.

—Me lo reprochas, Marguerite, y eso no es generoso.

—Perdón, querido —respondió tendiéndome la mano—, estos tiempos de tormenta me ponen de nervios; no digo lo que quiero decir.

Y, tras besarme, cayó en un profundo ensueño.

Muchas veces ocurrieron escenas similares, y aunque yo ignoraba lo que las originaba, no dejaba de percibir en Marguerite un sentimiento de inquietud por el futuro. Ella no podía dudar de mi amor, puesto que cada día aumentaba; no obstante, a menudo la veía triste sin que ella me explicara jamás el motivo de su desdicha, que no fuera por causas físicas.

Temiendo que se cansara de una vida demasiado monótona, le proponía regresar a París, pero ella siempre rechazaba esa propuesta y me aseguraba que en ninguna otra parte podría ser tan feliz como en el campo.

Prudence ya solo venía en muy raras ocasiones; en cambio, escribía cartas que yo jamás le pedí que me enseñara, aunque estas siempre sumieran a Marguerite en una profunda preocupación. Yo no sabía qué pensar.

Un día, Marguerite se quedó en su habitación. Cuando yo entré, ella escribía.

—¿A quién le escribes? —pregunté.

—A Prudence. ¿Quieres que te lea lo que le escribo?

Todo lo que pudiera parecer sospecha me horrorizaba; por lo tanto, le respondí a Marguerite que no necesitaba saber lo que escribía; sin embargo, tenía la certeza de que esa carta me habría explicado la verdadera causa de su tristeza.

Al día siguiente, el tiempo era magnífico. Marguerite me propuso salir a pasear en la barca y visitar la isla de Croissy. Parecía muy alegre; cuando regresamos eran las cinco de la tarde.

—La señora Duvernoy estuvo aquí —dijo Nanine al vernos entrar.

—¿Ya se fue? —preguntó Marguerite.

—Sí, en el coche de la señora; dijo que en eso habían quedado.

—Muy bien —exclamó Marguerite—. Que sirvan la mesa.

Dos días después llegó una carta de Prudence y, durante quince días, pareció que Marguerite había dejado atrás sus misteriosas melancolías, por las que no dejaba de pedirme perdón desde que ya no existían. No obstante, el coche no volvía.

—¿A qué se debe que Prudence no te devuelva tu berlina? —le pregunté un día.

—Uno de los caballos está enfermo y hay que hacer algunas reparaciones al coche. Es mejor que todo eso se haga mientras aún estamos aquí, donde no necesitamos el coche, que esperar a que volvamos a París.

Prudence vino a visitarnos unos días después y me confirmó lo que Marguerite me había dicho.

Las dos mujeres se pasearon solas por el jardín y, cuando me reuní con ellas, cambiaron la conversación.

En la noche, cuando Prudence se marchaba se quejó del frío y le pidió a Marguerite que le prestara un chal de cachemira.

Así pasó un mes, durante el cual Marguerite estuvo más alegre y más amorosa que nunca. Pero el coche no volvió, y el chal de cachemira no fue devuelto; todo eso me intrigaba sin querer, y como sabía en qué cajón guardaba Marguerite las cartas de Prudence, aproveché un momento en el que ella estaba al fondo del jardín para ir al cajón y abrirlo; pero fue en vano, porque estaba cerrado con doble llave.

Registré los lugares donde habitualmente estaban sus joyas y diamantes. Se abrieron sin resistencia, pero los joyeros habían desaparecido, junto con su contenido.

Un miedo desgarrador se apoderó de mi corazón. Le iba a exigir a Marguerite que me dijera la verdad sobre esas desapariciones, pero sin duda ella no me lo confesaría.

—Mi buena Marguerite —le dije entonces—, vengo a pedirte permiso para ir a París. En mi casa no saben dónde estoy y deben haber llegado cartas de mi padre; sin duda estará preocupado, tengo que responderle.

—Ve, querido mío —respondió—. Pero regresa temprano.

Me marché y enseguida fui a casa de Prudence.

—Veamos —le dije sin rodeos—, respóndame francamente, ¿dónde están los caballos de Marguerite?

—Vendidos.

—¿Y el chal de cachemira?

—Vendido.

—¿Los diamantes?

—Empeñados.

—¿Y quién los vendió o empeñó?

—Yo.

—¿Por qué no me avisó?

—Porque Marguerite me lo prohibió.

—¿Y por qué no me pidió el dinero a mí?

—Porque ella no quería.

—¿Y adónde se ha ido ese dinero?

—A hacer pagos.

—Entonces, ¿ella debe mucho?

—Todavía treinta mil francos, más o menos. ¡Ah!, querido, ¿no se lo había advertido? Usted no quiso creerme; pues bien, ahora ya puede estar convencido. Al tapicero, de cuyas facturas respondía el duque, le cerraron la puerta en las narices cuando se presentó en su casa; al día siguiente, el duque le escribió que él ya no haría nada por la señorita Gautier. Ese hombre quería su dinero y le di a cuenta los pocos miles de francos que le pedí a usted; luego, algún alma caritativa le informó que su deudora, abandonada por el duque, vivía con un joven sin fortuna. Los otros acreedores también fueron informados, y exigieron su dinero y embargaron. Marguerite quería vender todo, pero ya no había tiempo; además, yo me hubiera opuesto. Había que pagar, pero para no pedirle a usted dinero, vendió sus caballos, sus prendas de cachemira y empeñó sus joyas. ¿Quiere ver los recibos de los compradores y las papeletas de la casa de empeño? —preguntó al tiempo que abría un cajón y me mostraba los papeles.

»¡Ah! —continuó con la persistencia de la mujer que tiene derecho a decir "¡Qué razón tenía yo!"—, ¡ah! ¿Usted cree que basta con amarse e irse a vivir al campo una vista pastoral y ligera? No, amigo mío, no. Al lado de la vida ideal existe la vida material, y las decisiones más castas se aferran a la tierra mediante hilos insignificantes, pero de hierro, que no se quiebran con facilidad. Si Marguerite no lo ha engañado veinte veces se debe a su naturaleza excepcional. Y no será porque yo no se lo haya aconsejado, puesto que me da pena ver a la pobre chica despojarse de todo. ¡Ella no quiso! Me respondió que lo amaba a usted y que no lo engañaría por nada del mundo. Todo eso es muy bonito, muy poético, pero no es con esa moneda que uno le paga a los acreedores, y hoy ya no puede salir del problema con menos de unos treinta mil francos, se lo repito.

—Está bien, yo le daré esa cantidad.

—¿La pedirá prestada?

—¡Por Dios, sí!

—¡Bonita cosa! Va a enemistarse con su padre y a comprometer sus recursos, sin mencionar que no se encuentran treinta mil francos así, de la noche a la mañana. Créame, querido Armand, conozco a las mujeres mejor que usted; no haga esa locura de la que algún día se arrepentirá. Sea razonable. No le digo que abandone a Marguerite, pero viva con ella como lo hacían al inicio del verano. Permítale encontrar los medios para salir del apuro. Poco a poco, el duque volverá a ella. El conde de N., si ella lo acepta, me decía ayer que pagará todas sus deudas y le dará cuatro mil o cinco mil francos al mes. Él dispone de doscientas mil libras de renta. Para ella será una buena posición, en tanto que usted tendrá que dejarla tarde o temprano; no espere a verse arruinado cuando eso suceda; sobre todo porque ese conde de N. es un imbécil y nada le impedirá a usted ser el amante de Marguerite. Ella llorará un poco al principio, pero acabará por acostumbrarse y un día le agradecerá lo que hizo por ella. Haga de cuenta que Marguerite está casada y engaña al marido, eso es todo. Ya le había dicho antes todo esto, solo que en ese entonces aún era un consejo; hoy, es casi una necesidad.

Por desgracia, Prudence tenía razón.

—Lo que pasa es lo siguiente —continuó al tiempo que doblaba los papeles que acababa de mostrarme—: las cortesanas prevén que siempre las amarán, pero nunca que serán ellas quienes amen; de lo contrario, ahorrarían dinero y a los treinta años podrían darse el lujo de tener un amante a cambio de nada. ¡Si yo hubiera sabido lo que sé ahora! En fin, no le diga nada a Marguerite y tráigala de vuelta a París. Vivió cuatro o cinco meses solo con ella, es razonable; todo lo que se le pide ahora es que cierre los ojos. Al cabo de quince días aceptará al conde de N., ahorrará este invierno y el verano próximo volverán a empezar. ¡Así es como hay que hacer las cosas, querido!

Al parecer, Prudence estaba encantada con su consejo, que yo rechazaba con indignación. No solo mi amor y mi dignidad no me permitían actuar así, sino que estaba convencido de que, en el punto al que había llegado, Marguerite moriría antes que aceptar compartirse de esa forma.

—Ya basta de bromas —le dije a Prudence—. ¿Cuánto le hace falta a Marguerite en total?

—Ya se lo dije, unos treinta mil francos.

—¿Y para cuándo hace falta esa cantidad?

—Antes de dos meses.

—Los tendrá.

Prudence se encogió de hombros.

—Yo se la daré —agregué—, pero júreme que no le dirá a Marguerite que fui yo quien se la entregó.

—Quédese tranquilo.

—Y si ella le envía otra cosa para vender o empeñar, avíseme.

—No hay peligro, ya no tiene nada.

Antes de volver, pasé a mi casa para ver si había cartas de mi padre. Había cuatro.

Capítulo XIX

En las primeras tres cartas, mi padre se preocupaba por mi silencio y me preguntaba el motivo; en la última, me hacía ver que le habían informado de mi cambio de vida y me anunciaba su llegada inminente.

Siempre he tenido un gran respeto y sincero afecto por mi padre. Le respondí que un pequeño viaje había sido la causa de mi silencio y que le rogaba que me avisara el día de su llegada para poder ir a recibirlo.

Le di a mi sirviente la dirección en el campo y le encargué que me llevara la primera carta que llegara franqueada de la ciudad de C.; luego me fui de inmediato a Bougival.

Marguerite me esperaba a la puerta del jardín.

Su mirada expresaba inquietud. Me saltó al cuello y no pudo evitar decirme:

—¿Viste a Prudence?

—No.

—¡Estuviste mucho tiempo en París!

—Recibí las cartas de mi padre y tuve que responderle.

Unos instantes después, Nanine entró sin aliento. Marguerite se levantó y fue a hablar con ella en voz baja. Cuando Nanine se marchó, Marguerite se sentó a mi lado y me tomó la mano.

—¿Por qué me engañaste? —me preguntó—. Fuiste a casa de Prudence.

—¿Quién te lo dijo?

—Nanine.

—¿Ella cómo lo supo?

—Te siguió.

—¿Tú le ordenaste que me siguiera?

—Sí. Pensé que tenías un motivo poderoso para irte a París de esa manera; tú, que no me has dejado en cuatro meses. Temía que algo malo hubiera pasado o que quizá fueras a ver a otra mujer.

—¡Qué infantil eres!

—Ahora estoy tranquila, ya sé lo que hiciste, pero aún no sé qué te dijeron.

Le enseñé a Marguerite las cartas de mi padre.

—No es eso lo que te pregunto, lo que me gustaría saber es por qué fuiste a ver a Prudence.

—Para verla.

—Mientes, amigo.

—Pues bien, fui a preguntarle si el caballo iba mejor y si ya no necesitaba tu chal de cachemira y tus joyas.

Marguerite se sonrojó, pero no respondió.

—Y me enteré de lo que habías hecho con tus caballos, tus cachemiras y tus diamantes —continué.

—¿Estás enojado conmigo?

—Estoy enojado contigo por no haber pensado en pedirme a mí lo que necesitabas.

—En una relación como la nuestra, si la mujer tiene aún un poco de dignidad debe imponerse todos los sacrificios posibles antes que pedirle dinero a su amante y de darle un aspecto venal a su amor. Tú me amas, estoy segura, pero no sabes lo frágil que es el hilo que sujeta al corazón el amor que se siente por una chica como yo. ¿Quién sabe? ¡Quizá un día de malestar o de aburrimiento imaginarás ver en nuestra relación un cálculo hábilmente combinado! Prudence es una chismosa. ¡Para qué querría yo los caballos! Ahorro al venderlos, puedo prescindir de ellos y así ya no gasto más en su cuidado; siempre y cuando tú me ames, es todo lo que pido: que me quieras lo mismo sin caballos, sin cachemiras y sin diamantes.

Todo esto lo dijo con un tono tan natural que, al escucharla, los ojos se me llenaron de lágrimas.

—Pero, mi buena Marguerite —respondí presionando con amor las manos de mi amante—, sabías bien que un día me enteraría de tu sacrificio, y que el día que lo supiera, no lo consentiría.

—¿Por qué?

—Porque, niña mía, no soporto que el afecto que sientes por mí te prive ni siquiera de una joya. Tampoco quiero que, en un momento de malhumor o de aburrimiento, puedas pensar que, si vivieras con otro hombre, no estarías en esa situación y te arrepintieras, aunque fuera un minuto, de vivir conmigo. Dentro de unos días te devolverán tus caballos, tus diamantes y tus cachemiras. Te son tan necesarios como el aire lo es a la vida y quizá sea ridículo, pero te prefiero magnífica antes que sencilla.

—Entonces ya no me amas.

—¡Qué locura!

—Si me amaras, me dejarías amarte a mi manera; al contrario, persistes en ver en mí a una chica para quien el lujo es indispensable y a quien sigues creyendo que pagarle es una obligación. Te avergüenza aceptar las pruebas de mi amor. Aunque no lo quieras, piensas abandonarme un día e intentas por todos los medios poner tu delicadeza al abrigo de toda sospecha. Tienes razón, querido mío, pero esperaba algo mejor.

Marguerite hizo un movimiento para levantarse y la retuve.

—Quiero que seas feliz y que no tengas nada que reprocharme, eso es todo —le dije.

—¡Y vamos a separarnos!

—¿Por qué, Marguerite? ¿Qué puede separarnos? —exclamé.

—Tú, que no quieres permitirme comprender tu posición y que tienes la vanidad de velar por la mía; tú, que al mantener el lujo en el que viví, deseas conservar la distancia moral que nos separa; tú, en fin, que no crees que mi afecto sea lo bastante desinteresado como para compartir conmigo la fortuna que tienes, con la que podríamos vivir felices juntos y prefieres arruinarte, esclavo como eres de un prejuicio ridículo. ¿Crees que yo comparo un coche y unas joyas con tu amor? ¿Crees que para mí la felicidad consiste en las vanidades con las que alguien se contenta cuando no ama nada, pero que se vuelven bastante mezquinas cuando uno ama? Pagarás mis deudas, despilfarrarás tu fortuna y me mantendrás. ¿Cuánto tiempo durará esa situación? Dos o tres meses, y entonces ya será demasiado tarde para tomar la vida que te propongo, puesto que aceptarás todo de mí y eso es algo que un hombre honorable no puede hacer. Mientras que ahora cuentas con ocho o diez mil francos de renta con los que podemos vivir, yo venderé mis pertenencias superfluas y tan solo con esa venta obtendré dos mil libras al año. Rentaremos un departamento pequeño y bonito en el que viviremos los dos. En el verano, vendremos al campo, no a una casa como esta, sino a una casita que baste para dos personas. Tú eres independiente, yo soy libre; y en nombre del cielo: ¡somos jóvenes, Armand!, no me arrojes a la vida que me vi obligada a llevar en otro tiempo.

Yo no podía responder; lágrimas de agradecimiento y amor inundaron mis ojos y me precipité en los brazos de Marguerite.

—Quería arreglarlo todo sin decirte nada —prosiguió—, pagar todas mis deudas y mandar preparar mi nuevo departamento. En octubre habríamos vuelto a París y te lo habría dicho todo; pero como Prudence ya te lo contó, tendrás que dar tu consentimiento antes, en lugar de hacerlo después. ¿Me quieres lo suficiente para hacerlo?

Era imposible resistir a tanto sacrificio. Besé con pasión las manos de Marguerite y le dije:

—Haré todo lo que tú quieras.

De ese modo, quedó acordado lo que ella había decidido. A partir de ese momento se volvió loca de alegría: bailaba, cantaba, le emocionaba la sencillez de su nuevo departamento, cuya ubicación y distribución consultaba conmigo.

La veía contenta y orgullosa de esta decisión, que al parecer nos acercaría definitivamente el uno al otro. Yo no quise quedarme atrás.

En un instante decidí mi vida. Hice un balance de mi fortuna y dejé en manos de Marguerite la renta que provenía de mi madre, que me parecía insuficiente para compensar el sacrificio que acababa de aceptar.

Me quedaban cinco mil francos de la pensión que

me daba mi padre y, pasara lo que pasara, esa pensión anual era suficiente para vivir.

No le dije a Marguerite lo que había decidido porque estaba convencido de que rechazaría esa donación.

La renta provenía de una hipoteca de sesenta mil francos sobre una casa que yo ni siquiera había visto. Todo lo que sabía era que cada trimestre, el notario de mi padre, un viejo amigo de la familia, me daba setecientos cincuenta francos a cambio de un recibo.

El día que Marguerite y yo regresamos a París a buscar departamentos fui a ver al notario y le pregunté cómo debía proceder para hacer que otra persona recibiera la transferencia de aquella renta.

El buen hombre creyó que estaba arruinado y me cuestionó sobre el motivo de esta decisión. Ahora bien, como tarde o temprano tendría que decirle en favor de quién hacía esa donación, preferí contarle la verdad de una vez.

No me hizo ninguna de las objeciones que su papel de notario y de amigo le autorizaban a hacerme y me aseguró que él se encargaría de arreglar todo de la mejor manera posible.

Naturalmente, le recomendé la mayor discreción respecto a mi padre y salí a encontrarme con Marguerite, quien me esperaba en casa de Julie Duprat, donde prefirió quedarse antes que escuchar los sermones de Prudence.

Empezamos a buscar departamentos. Todos los que visitamos le parecieron demasiado caros a Marguerite; a mí me parecían demasiado sencillos. No obstante, acabamos por ponernos de acuerdo y nos mudamos a uno de los barrios más tranquilos de París, a un pequeño chalet aislado de la casa principal.

Detrás de ese pequeño chalet se extendía un jardín encantador, parte de la propiedad, rodeado de un muro lo bastante elevado para separarnos de los vecinos y lo suficientemente bajo para no obstaculizarnos la vista. Era mucho mejor que lo que habíamos esperado.

Mientras me dirigía a mi antigua vivienda para desalojar mi departamento, Marguerite fue a ver a un hombre de negocios que, según ella, había hecho ya por una de sus amigas lo que quería pedirle que hiciera por ella.

Cuando vino a buscarme a la calle Provence, estaba encantada. Ese hombre le había prometido pagar todas sus deudas, devolverle todos los pagarés y entregarle veinte mil francos a cambio de todos sus muebles.

Por el precio al que se elevó la subasta, podrá imaginar que aquel honrado caballero hubiera ganado más de treinta mil francos con su clienta.

Regresamos felices a Bougival, sin dejar de hablar de nuestros proyectos que, gracias a nuestra despreocupación y sobre todo a nuestro amor, veíamos color de rosa.

Ocho días después, estábamos comiendo cuando Nanine vino a decirme que mi sirviente preguntaba por mí. Ordené que entrara.

—Señor —me dijo—, su padre llegó a París y le ruega que vaya enseguida a su casa, ahí lo espera.

Esta noticia era la cosa más normal del mundo; sin embargo, al escucharla Marguerite y yo nos miramos. Adivinábamos una desgracia tras ese incidente.

Asimismo, sin que ella me comentara aquella impresión que yo compartía, la tomé de la mano y le dije:

—No tengas miedo.

—Regresa lo antes posible —murmuró Marguerite al tiempo que me besaba—; te esperaré en la ventana.

Le encargué a Joseph que le dijera a mi padre que estaba en camino. En efecto, dos horas después llegué a la calle Provence.

Capítulo XX

Mi padre, en bata, estaba sentado en la sala, escribiendo. Por la manera en la levantó la mirada cuando entré, entendí de inmediato que se trataba de algo grave.

Sin embargo, lo abordé como si no hubiera adivinado nada en su expresión y lo saludé con un beso.

—¿Cuándo llegó, padre?

—Anoche.

—¿Vino a mi casa, como de costumbre?

—Sí.

—Lamento no haber estado aquí para recibirlo.

Tras aquellas palabras, esperé el sermón que prometía el rostro de mi padre; pero no respondió nada, selló la carta que acababa de escribir y se la dio a Joseph para que la echara al correo. Cuando estuvimos solos, mi padre se levantó y se recargó en la chimenea.

—Querido Armand, tenemos que hablar de cosas serias.

—Lo escucho, padre.

—¿Me prometes ser franco?

—Eso acostumbro.

—¿Es verdad que vives con una mujer llamada Marguerite Gautier?

—Sí.

—¿Sabes quién era esa mujer?

—Una cortesana.

—¿Fue por ella que olvidaste ir a vernos este año a tu hermana y a mí?

—Sí, padre, lo confieso.

—Entonces, ¿amas mucho a esa mujer?

—Ya lo ve, padre, puesto que fue ella quien me hizo faltar a mi deber sagrado, de lo cual ahora le pido humildemente perdón.

Sin duda mi padre no esperaba respuestas tan categóricas, porque al parecer reflexionó un instante antes de hablar.

—Habrás comprendido que no podrás vivir siempre así.

—Lo he temido, padre, pero no lo he comprendido.

—Pero seguramente entiendes —continuó mi padre con un tono más seco— que yo no lo voy a tolerar.

—Pensé que en tanto no hiciera nada que fuera contrario al respeto que le debo a su apellido y a la probidad tradicional de la familia, podría vivir como vivo, lo cual me tranquilizó un poco en cuanto a las dudas que tenía.

Las pasiones se fortalecen contra los sentimientos. Estaba dispuesto a enfrentar todas las luchas, incluso contra mi padre, con tal de conservar a Marguerite.

—Entonces ha llegado el momento de vivir de otra manera.

—Pero, ¿por qué, padre?

—Porque está usted a punto de hacer algo que hiere el respeto que cree tener por la familia.

—No entiendo sus palabras.

—Se lo voy a explicar. Que usted tenga una amante, está muy bien; que le pague como un caballero debe pagar el amor de una cortesana, no puede ser mejor; pero que olvide lo más sagrado por ella, que se permita que el ruido de su vida escandalosa llegue hasta el último rincón de mi provincia y arroje la sombra de una mancha sobre el honorable apellido que le he dado, eso no puede ser ni será.

—Permítame que le diga, padre, que quienes le notificaron sobre mí están mal informados. Soy el amante de la señorita Gautier, vivo con ella; es lo más simple del mundo. No le doy a la señorita Gautier el apellido que recibí de usted, gasto en ella lo que mis medios me permiten gastar, no tengo deudas y, en fin, no me encuentro en ninguna de esas posiciones que autorizan a un padre a decirle a su hijo lo que usted acaba de decirme.

—Un padre siempre está autorizado a apartar a su hijo del mal camino que ha tomado. Aun cuando no haya hecho nada malo, lo hará.

—¡Padre!

—Señor, conozco la vida mejor que usted. Solo las mujeres absolutamente castas tienen sentimientos absolutamente puros. Toda Manon puede convertir a un hombre en un Des Grieux, y la época y las costumbres han cambiado. Sería inútil que el mundo envejeciera de no corregirse. Usted abandonará a su amante.

—Lamento tener que desobedecerlo, padre, pero es imposible.

—Lo obligaré a hacerlo.

—Por desgracia, padre, ya no existen islas como Sainte-Marguerite donde enviar a las cortesanas y, si las hubiera, seguiría a la señorita Gautier si usted consiguiera que la enviaran ahí. ¿Qué quiere?, quizá me equivoco, pero no puedo ser feliz más que a condición de seguir siendo su amante.

—Vamos, Armand, abra los ojos, reconozca a su padre que siempre lo ha amado y que solo quiere su felicidad. ¿Es honorable para usted vivir maritalmente con una joven que ha pertenecido a todo el mundo?

—¡Qué importa, padre, si ya no será de nadie más! ¡Qué importa si esa joven me ama, si se regenera con el amor que siente por mí y el que yo siento por ella! ¡Qué importa, en fin, si ha cambiado!

—¡Vaya! ¿Cree usted, caballero, que la misión de un hombre de honor es convertir a las cortesanas? ¿Cree usted, entonces, que Dios le dio esa grotesca finalidad a la vida y que el corazón no debe tener más entusiasmo que ese? ¿Cuál será la conclusión de esa cura maravillosa y qué pensará usted de lo que dice ahora cuando tenga cuarenta años? Se reirá de su amor, si aún puede reír y no dejó huellas demasiado profundas en su pasado. ¿Qué sería de usted en este momento si su padre hubiera tenido sus ideas y hubiera abandonado su vida a todos esos alientos amorosos, en lugar de establecerla inquebrantablemente sobre una idea de amor y lealtad? Reflexione, Armand, y no diga semejantes tonterías. Vamos, deje a esa mujer, su padre se lo suplica.

No respondí nada.

—Armand —continuó mi padre—, en nombre de su santa madre, créame, renuncie a esa vida, que la olvidará más pronto de lo que cree y a la que lo encadena una teoría imposible. Tiene veinticuatro años, piense en su futuro. No puede amar para siempre a una mujer que tampoco lo amará eternamente. Ambos están exagerando su amor. Se está cerrando todos los caminos.

Un paso más y ya no podrá abandonar la ruta que ha tomado; toda su vida sentirá el remordimiento de su juventud. Márchese, venga a pasar uno o dos meses con su hermana. El descanso y el amor piadoso de la familia lo sanarán rápido de esta fiebre, puesto que no es más que eso. Mientras tanto, su querida se consolará con otro amante, y cuando usted vea por quién estuvo a punto de enemistarse con su padre y perder su afecto, me dirá que hice bien en venir a buscarlo y me dará su bendición. Vamos, Armand, te alejarás, ¿verdad?

Sentía que mi padre tenía razón, tratándose de otras mujeres; pero estaba convencido de que se equivocaba con Marguerite. Sin embargo, el tono de sus últimas palabras fue tan dulce, tan suplicante, que no me atreví a responder.

—¿Y bien? —agregó con voz emocionada.

—Padre, no puedo prometerle nada —respondí por fin—. Lo que usted me pide rebasa mis fuerzas. Créame —continué al ver su gesto de impaciencia—, usted exagera los resultados de esta relación. Marguerite no es la chica que usted cree. Ese amor, lejos de llevarme por el mal camino, es capaz, por el contrario, de inspirarme los sentimientos más honorables. El amor verdadero siempre nos hace mejores, cualquiera que sea la mujer que lo inspire. Si conociera a Marguerite, comprendería que no me expongo a nada. Es tan noble como la mujer más noble. Todo lo que las otras tienen de codicia, ella lo tiene de desinterés.

—Lo que no le impide aceptar toda su fortuna, puesto que los sesenta mil francos que usted heredó de su madre y que ahora le da a ella son, recuerde bien lo que le digo, la única fortuna con la que usted cuenta.

Es probable que mi padre hubiera guardado esta

perorata y esta amenaza para asestarme el último golpe. Yo era más fuerte frente a sus amenazas que frente a sus súplicas.

—¿Quién le dijo que le cedería esa cantidad? —pregunté.

—Mi notario. ¿Un hombre honrado hubiera hecho algo parecido sin prevenirme? Pues bien, vine a París para evitar que usted se arruine por una mujer. Al morir, su madre le dejó dinero para vivir de manera honorable, no para que se mostrara generoso con sus amantes.

—Se lo juro, padre, Marguerite ignoraba esa donación.

—Entonces, ¿por qué la hace?

—Porque Marguerite, esa mujer a la que usted calumnia y a la que quiere que abandone, sacrificó todo lo que poseía para vivir conmigo.

—¿Y usted acepta ese sacrificio? ¿Qué tipo de hombre es, señor, que le permite a la señorita Marguerite que sacrifique algo en su nombre? Vamos, esto es el colmo. Abandonará a esa mujer. Hace un momento se lo rogaba, ahora se lo ordeno: no quiero semejante porquería en mi familia. Haga sus maletas y prepárese para seguirme.

—Discúlpeme, padre —dije—, pero no me iré.

—¿Por qué?

—Porque ya tengo edad para no obedecer órdenes.

Mi padre palideció con mi respuesta.

—Está bien, señor —repuso—. Sé lo que tengo que hacer.

Tocó la campana y Joseph apareció.

—Que se lleven mis maletas al Hotel de París —le dijo a mi sirviente, al tiempo que entraba a su recámara para terminar de vestirse.

Cuando regresó, fui a su encuentro.

—¿Me promete, padre, no hacer nada que pueda hacer sufrir a Marguerite? —pregunté.

Mi padre se detuvo, me miró con desdén y se limitó a responder:

—Me parece que usted está loco.

Acto seguido, salió azotando la puerta a su espalda.

Yo bajé después, y tomé un taxi hacia Bougival.

Marguerite me esperaba en la ventana.

Capítulo XXI

—¡Por fin! —exclamó saltándome al cuello—. ¡Llegaste! ¡Qué pálido estás!

Entonces, le conté la escena con mi padre.

—¡Ah, Dios mío! Me lo temía —dijo—. Cuando Joseph vino a anunciarnos la llegada de tu padre, temblé como ante la noticia de una desgracia. ¡Pobre amigo mío!, soy yo la causante de todos tus pesares. Quizá sería mejor abandonarme, que enemistarte con tu padre. Aunque yo no le he hecho nada. Vivimos muy tranquilos y vamos a vivir más tranquilos aún. Él sabe de sobra que necesitas una amante y debería estar feliz de que sea yo, puesto que yo te amo y no ambiciono más de lo que tu situación te permite. ¿Le explicaste nuestros planes para el futuro?

—Sí, eso fue lo que más le molestó, porque vio en esa determinación la prueba de nuestro amor mutuo.

—Entonces, ¿qué vamos a hacer?

—Permanecer juntos, mi buena Marguerite, y esperar que pase la tormenta.

—¿Pasará?

—Tendrá que pasar.

—Pero tu padre no se conformará con eso.

—¿Qué puede hacer?

—¿Yo qué sé?, todo lo que un padre puede hacer para que su hijo lo obedezca. Te recordará mi vida pasada y tal vez me hará el honor de inventar algunas historias nuevas para que me abandones.

—Sabes bien que te amo.

—Sí, pero también sé que, tarde o temprano, hay que obedecer al padre y que acabarás quizá por dejarte convencer.

—No, Marguerite, soy yo quien lo convencerá a él. Son los chismes de algunos de sus amigos los que han provocado su cólera; pero él es bueno, es justo y reconsiderará. Aunque, a fin de cuentas, ¡qué me importa!

—No digas eso, Armand; preferiría cualquier cosa antes que permitir que te enemistes con tu familia. Deja pasar este día y vuelve mañana a París. Tu padre habrá reflexionado por su lado, como tú por el tuyo, y quizá se entiendan mejor. No ofendas sus principios; finge hacer algunas concesiones a sus deseos, aparenta que no te importo tanto y él dejará las cosas como están. Ten esperanza, amigo mío, y ten la certeza de algo: pase lo que pase, Marguerite siempre será tuya.

—¿Me lo juras?

—¿Necesito jurártelo?

¡Qué grato es dejarse persuadir por la voz que uno ama! Marguerite y yo pasamos todo el día repitiéndonos nuestros proyectos como si hubiéramos comprendido la necesidad de realizarlos más rápido. A cada instante esperábamos que algo ocurriera, pero por fortuna el día transcurrió sin novedades.

Al día siguiente salí a las diez de la mañana y llegué al hotel a mediodía. Mi padre ya había salido. Fui a mi casa, esperando que hubiera ido ahí. No había ido nadie. Fui a casa de mi notario, ¡nadie!

Regresé al hotel y esperé hasta las seis de la tarde. El señor Duval no llegó.

Retomé el camino a Bougival.

Encontré a Marguerite; ya no me esperaba como el día anterior, sino que estaba sentada al lado de la chimenea encendida; la estación ya lo ameritaba.

Estaba tan absorta en sus reflexiones que cuando me acerqué al sillón no me escuchó y no volteó. Cuando puse mis labios sobre su frente, se estremeció como si ese beso la hubiera despertado con un sobresalto.

—Me asustaste —dijo—. ¿Y tu padre?

—No lo vi. No sé qué signifique. No lo encontré ni en su hotel ni en ninguno de los lugares donde era posible que fuera.

—Vamos, pues será cuestión de empezar mañana de nuevo.

—Tengo ganas de esperar a que me mande llamar. Creo que he hecho todo lo que debía hacer.

—No, amigo mío, no es suficiente; debes volver a buscar a tu padre, en especial mañana.

—¿Por qué mañana y no otro día?

—Porque... —dijo Marguerite, quien pareció ruborizarse por la pregunta—, porque tu insistencia parecerá más vehemente y así más pronto nos perdonará.

El resto del día Marguerite estuvo preocupada, distraída y triste. Me vi obligado a repetirle lo que había dicho para obtener una respuesta. Atribuyó esa preocupación a los temores que le inspiraban los acontecimientos de los últimos dos días respecto del futuro.

Pasé la noche tranquilizándola y al día siguiente hizo que me marchara, con una insistencia inquieta que yo no podía explicarme.

Al igual que en la víspera, mi padre estaba ausente; pero al salir me había dejado una nota:

> Si viene a verme hoy, espéreme hasta las cuatro; si a las cuatro no he regresado, vuelva mañana a cenar conmigo. Tengo que hablar con usted.

Esperé hasta la hora indicada; mi padre no volvió y me marché.

El día anterior había encontrado a Marguerite triste, ese día la encontré febril y agitada. Al verme entrar, me saltó al cuello, y lloró mucho tiempo en mis brazos.

Le pregunté sobre este súbito dolor, tan extremo que era alarmante. No me dio ninguna razón válida, alegando todo lo que puede alegar una mujer cuando no desea responder con la verdad. Cuando se calmó un poco le conté los resultados de mi viaje; le mostré la carta de mi padre y le hice observar que podría ser un buen augurio.

Al ver la carta y pensar en lo que le dije, sus lágrimas se intensificaron a tal grado que llamé a Nanine; temiendo un ataque de nervios, acostamos a la pobre mujer que lloraba sin decir ni una palabra, aunque me tomaba las manos y las besaba a cada instante.

Le pregunté a Nanine si, durante mi ausencia, su ama había recibido una carta o una visita que hubiera podido provocar el estado en el que se encontraba, pero Nanine me respondió que nadie había venido y no habían llevado nada.

No obstante, algo pasaba desde el día anterior, tanto más preocupante cuanto que Marguerite me lo ocultaba.

En la noche parecía un poco más tranquila; hizo que me sentara al pie de su cama y me reiteró largo y tendido la certeza de su amor. Luego me sonrió pero haciendo un esfuerzo, porque a su pesar, sus ojos se nublaron de lágrimas.

Empleé todos los medios para que me confesara el verdadero motivo de ese dolor, pero ella se obstinó en darme siempre las razones vagas que ya le mencioné.

Acabó por dormirse en mis brazos, pero con ese sueño que destroza el cuerpo en lugar de hacerlo descansar. En ocasiones lanzaba un grito, se despertaba en un sobresalto y, tras asegurarse de que estaba a su lado, me hacía jurarle que siempre la amaría.

Yo no lograba entender esas intermitencias de dolor que se prolongaron hasta la mañana siguiente. Entonces, Marguerite cayó en una suerte de sopor; llevaba dos noches sin dormir. Ese descanso no duró mucho. Hacia las once de la mañana, Marguerite despertó y, al verme levantado, miró a su alrededor.

—¿Ya te vas?

—No —respondí tomándola de las manos—. Quise dejarte dormir, aún es temprano.

—¿A qué hora vas a París?

—A las cuatro.

—¿Tan pronto? Hasta entonces, te quedarás conmigo, ¿verdad?

—Sin duda, ¿qué no lo hago siempre?

—¡Qué felicidad! —exclamó—. ¿Comemos? —preguntó con aire distraído.

—Si quieres.

—¿Y después me abrazarás fuerte hasta que sea hora de irte?

—Sí, y volveré lo más pronto posible.

—¿Volverás? —me preguntó con una expresión de sobresalto.

—Naturalmente.

—Cierto. Volverás esta noche y yo te esperaré como de costumbre; tú me amarás y seremos felices como lo somos desde que nos conocemos.

Decía todas esas palabras en un tono tan entrecortado que parecían ocultar un pensamiento doloroso, tan persistente, que a cada instante temía que Marguerite cayera en el delirio.

—Escucha —dije—, estás enferma, no puedo dejarte así. Voy a escribirle a mi padre para decirle que no me espere.

—¡No, no! —exclamó bruscamente—. No hagas eso. Tu padre me acusará otra vez de impedirte ir a verlo cuando él desea verte. No, no, tienes que ir, ¡tienes que hacerlo! Además, no estoy enferma, me siento de maravilla. Tuve un mal sueño y no estaba bien despierta.

A partir de ese momento, Marguerite intentó mostrarse más alegre; dejó de llorar.

Cuando llegó la hora en la que debía marcharme, la besé y le pregunté si deseaba acompañarme hasta la estación de tren: esperaba que el paseo la distrajera y que el aire le sentara bien. Sobre todo, deseaba quedarme con ella el mayor tiempo posible.

Ella aceptó, tomó un abrigo y me acompañó con Nanine para no regresar sola. Veinte veces estuve a punto de no partir, pero la esperanza de volver lo más pronto posible y el miedo a indisponer de nuevo a mi padre en mi contra me contuvieron y tomé el tren.

—Hasta esta noche —le dije a Marguerite antes de marcharme.

Ella no respondió. Ya en otra ocasión no me había respondido a esa misma frase y el conde de G., lo recuerda, había pasado la noche en su casa; pero esa época estaba tan lejana ahora que parecía borrada de mi recuerdo; y si algo temía, sin duda ya no era que Marguerite me engañara.

Al llegar a París me apresuré hacia la casa de Prudence para rogarle que fuera a visitar a Marguerite, esperando que su elocuencia y su alegría la distrajeran. Entré sin hacerme anunciar y encontré a Prudence en el tocador.

—¡Ah! —me dijo con aire inquieto—. ¿Marguerite está con usted?

—No.

—¿Cómo está?

—No muy bien.

—Entonces, ¿ella no vendrá?

—¿Tenía que venir?

La señora Duvernoy se sonrojó y me respondió con cierta turbación.

—Quería decir que, puesto que usted vino a París, ¿ella no vendrá a reunirse con usted?

—No.

Miré a Prudence; ella bajó la mirada y en su expresión creí leer el temor de que mi visita se prolongara.

—Querida Prudence, vine a rogarle, si no tiene nada más que hacer, vaya a ver a Marguerite esta noche; usted le haría compañía y podría quedarse allá a dormir. Nunca antes la había visto como estaba hoy y temo que se enferme.

—Voy a cenar en la ciudad —respondió Prudence— y no podré ver a Marguerite esta noche, pero la veré mañana.

Me despedí de la señora Duvernoy, quien me pareció casi tan preocupada como Marguerite, y fui a ver a mi padre, quien me estudió con atención desde la primera mirada.

Me tendió la mano.

—Sus dos visitas me complacieron, Armand —me dijo—. Me hicieron tener la esperanza de que ha reflexionado como yo, por mi parte, lo he hecho.

—Padre, ¿puedo preguntarle cuál fue el resultado de sus reflexiones?

—Es, amigo mío, que exageré la importancia de los informes que me dieron y me prometí ser menos severo contigo.

—¡Qué me dice, padre! —exclamé con alegría.

—Digo, querido hijo, que todo joven debe tener una amante y que, después de haberme informado mejor, prefiero saber que eres el amante de la señorita Gautier que de cualquier otra.

—Mi maravilloso padre, ¡qué feliz me hace!

Conversamos así un momento y luego nos sentamos a la mesa. Mi padre fue encantador durante todo el tiempo que duró la cena.

Tenía prisa por regresar a Bougival para contarle a Marguerite este alegre cambio. A cada instante miraba el reloj de péndulo.

—Miras la hora —me dijo mi padre—, estás impaciente por dejarme. ¡Oh, estos jóvenes!, ¿sacrificarán siempre el afecto sincero por afectos inciertos?

—¡No diga eso, padre! Marguerite me ama, estoy seguro.

Mi padre no respondió; no parecía ni dudar ni creerme.

Insistió mucho para que pasara la noche entera con

él y que partiera al día siguiente, pero le dije que había dejado a Marguerite indispuesta y le pedí permiso para volver con ella temprano, prometiéndole regresar al otro día.

Hacía buen tiempo y quiso acompañarme hasta el andén. Nunca me había sentido tan feliz; el futuro se me mostraba tal como esperaba verlo desde hacía mucho tiempo. Quería a mi padre como jamás lo había querido antes.

Cuando llegó el momento de partir, insistió una última vez para que me quedara; yo me negué.

—Entonces, ¿la quieres? —preguntó.

—Como un loco.

—¡Vete, pues!

Se pasó la mano por la frente como si quisiera ahuyentar un pensamiento; luego, abrió la boca como para decirme algo, pero se conformó con estrechar mi mano.

—¡Hasta mañana! —exclamó bruscamente y se marchó.

Capítulo XXII

Me parecía que el tren no avanzaba. Llegué a Bougival a las once de la noche. Ni una sola ventana de la casa estaba iluminada y toqué sin que nadie respondiera. Era la primera vez que algo así sucedía. Al fin llegó el jardinero y entré.

Nanine se presentó con una luz y fui a la recámara de Marguerite.

—¿Dónde está la señora?

—La señora se fue a París —me respondió Nanine.

—¡A París!

—Sí, señor.

—¿Cuándo?

—Una hora después de usted.

—¿No le dejó nada para mí?

—Nada.

Nanine me dejó solo.

«Es capaz de haber tenido dudas», pensé, «y fue a París para asegurarse de que la visita que le dije que le haría a mi padre no era un pretexto para gozar de un día de libertad».

«Quizá Prudence le escribió por un asunto importante», me dije cuando estuve solo, pero yo había visto a Prudence cuando llegué y ella no comentó nada que pudiera hacerme suponer que le había escrito a Marguerite.

De pronto recordé la pregunta que me hizo la señora Duvernoy: «Entonces, ¿ella no vendrá?», cuando le informé que Marguerite estaba enferma. También me acordé de la turbación de Prudence cuando la miré después de aquella frase que parecía traicionar una cita. A ese recuerdo se aunaba el de las lágrimas de Marguerite durante todo el día, lágrimas que el buen recibimiento de mi padre me habían hecho olvidar un poco.

A partir de ese momento, todos los incidentes del día se agolparon en torno a mi primera sospecha y se fijaron tan sólidamente en mi mente que todo lo confirmó, hasta la clemencia paterna.

Marguerite casi me había exigido que fuera a París; fingió estar tranquila cuando le propuse quedarme a su lado. ¿Había caído en una trampa? ¿Marguerite me engañaba? ¿Pensó estar de vuelta a tiempo para que yo no notara su ausencia, pero un imprevisto la retuvo? ¿Por qué no le dijo nada a Nanine o por qué no me dejó una nota? ¿Qué querían decir esas lágrimas, esta ausencia, este misterio?

Eso era lo que me preguntaba, aterrado, en medio de la habitación vacía, con los ojos fijos en el reloj de péndulo que, al marcar la medianoche, parecía decirme que era demasiado tarde para que esperara ver volver a mi amante.

Sin embargo, tras las medidas que acabábamos de tomar, con el sacrificio ofrecido y aceptado, ¿era verosímil que me engañara? No. Intenté rechazar mis primeras suposiciones.

La pobre chica habrá encontrado a un comprador para su mobiliario y fue a París para cerrar el trato. No habrá querido avisarme porque sabe que, aunque yo lo acepte, esa venta, necesaria para nuestra felicidad futura, me resulta penosa y habrá temido herir mi amor propio y mi delicadeza al hablarme de ello. Prefiere volver cuando todo haya terminado. Es evidente que Prudence la esperaba para esto y se delató ante mí. Marguerite no habrá podido terminar la venta hoy y se quedó en casa de ella, o quizá llegará en un momento, porque debe imaginarse mi preocupación y sin duda no querrá dejarme así.

Entonces, ¿por qué esas lágrimas? Sin duda, a pesar de su amor por mí, la pobre chica no habrá podido decidirse sin llorar a abandonar el lujo en medio del cual vivió hasta hoy, y que la hacía feliz y envidiada.

Le perdonaba con gusto a Marguerite ese cargo de conciencia. La esperaba impaciente para decirle, cubriéndola de besos, que había adivinado la causa de su misteriosa ausencia.

Sin embargo, la noche avanzaba y Marguerite no llegaba. La inquietud me atenazó poco a poco y me oprimía la cabeza y el corazón. ¡Quizá le había ocurrido algo! ¡Quizá estaba herida, enferma, muerta! ¡Quizá viniera un mensajero a anunciarme algún doloroso accidente! ¡Quizá el alba me sorprendería con la misma incertidumbre y los mismos temores!

La idea de que Marguerite me engañara en el momento en el que yo la esperaba, en medio de los terrores que me provocaba su ausencia, no cruzaba mi mente. Era necesaria una causa independiente de su voluntad para retenerla lejos de mí; y entre más lo pensaba, más me convencía de que esa causa no podía ser más que alguna desgracia. ¡Oh, vanidad del hombre, sabes mostrarte bajo cualquier forma!

Acababa de dar la una. Me dije que la esperaría una hora más pero que, si a las dos Marguerite no había vuelto, iría a París.

Mientras esperaba busqué un libro, porque no me atrevía a pensar.

Manon Lescaut estaba abierto sobre la mesa. Me pareció que en ciertos lugares las páginas estaban húmedas de lágrimas. Tras hojearlo, cerré el libro; a través del velo de mis dudas sus caracteres me parecían vacíos de sentido.

La hora pasaba con lentitud. El cielo estaba cubierto. Una lluvia de otoño golpeaba las ventanas. Por momentos, me parecía que la cama vacía adquiría el aspecto de una tumba. Tenía miedo.

Abrí la puerta. Escuché, pero no oía más que el ruido del viento entre los árboles. Ni un solo coche pasaba por la calle. El campanario de la iglesia sonó la media hora con tristeza.

Llegué a temer que alguien entrara; me parecía que solo una desgracia podía venir a encontrarme a esa hora, con aquel tiempo sombrío. Sonaron las dos. Esperé un poco más. El reloj de péndulo era lo único que perturbaba el silencio con su ruido monótono y cadencioso.

Al fin salí de esa habitación en la que el más mínimo objeto estaba revestido de ese aspecto triste que brinda a cuanto lo rodea la inquieta soledad del corazón.

En la recámara contigua encontré a Nanine dormida sobre su labor. Despertó con el ruido de la puerta y me preguntó si su ama había regresado.

—No, pero si llega, dígale que no soporté la preocupación y que fui a París.

—¿A esta hora?

—Sí.

—Pero, ¿cómo? No encontrará un coche.

—Iré a pie.

—Pero, está lloviendo.

—¿Qué me importa?

—La señora va a regresar o, si no regresa, siempre habrá tiempo de día para ir a ver qué la entretuvo. Lo van a asesinar en el camino.

—No hay peligro, querida Nanine; hasta mañana.

La buena chica fue a buscar mi abrigo, me lo puso sobre los hombros, me ofreció ir a despertar a doña Arnould para preguntarle si era posible encontrar un coche; pero me opuse, convencido de que en ese intento, quizá infructuoso, perdería más tiempo de lo que me llevaría hacer la mitad del camino.

Por otro lado, necesitaba el aire y un cansancio físico que agotara la sobreexcitación de la que era presa.

Tomé la llave del departamento de la calle d'Antin y, tras despedirme de Nanine, quien me acompañó hasta la reja, me marché.

Al principio corrí, pero la tierra estaba recién mojada y eso me cansaba el doble. Al cabo de media hora de correr así, me vi obligado a detenerme, sudaba a chorros. Recuperé el aliento y seguí mi camino. La noche estaba tan cerrada que a cada instante temía chocar contra los árboles del camino que aparecían repentinamente ante mis ojos y tenían el aspecto de enormes fantasmas que corrían en mi dirección.

Me encontré con una o dos carretas que muy pronto dejé atrás. Una calesa se dirigía a trote hacia Bougival. En el momento en el que pasó frente a mí tuve la esperanza de que Marguerite estuviera dentro. Me detuve y grité:

—¡Marguerite! ¡Marguerite!

Pero nadie me respondió y la calesa continuó su camino. La miré alejarse y eché a andar de nuevo.

Tardé dos horas en llegar a la puerta de l'Etoile. La vista de París me dio fuerzas y bajé corriendo la larga avenida que había recorrido tantas veces.

Esa noche, nadie pasaba por ahí. Diríase que me paseaba por una ciudad muerta. El día comenzaba a despuntar.

Cuando llegué a la calle d'Antin, la gran ciudad empezaba a desperezarse un poco, antes de despertar por completo.

Cuando entré a casa de Marguerite, sonaban las cinco en la iglesia de San Roque.

Le dije mi nombre al portero, quien había recibido de mí demasiadas monedas de veinte francos como para saber que tenía el derecho de venir a las cinco de la mañana a la casa de la señorita Gautier; así, no tuve obstáculos para entrar.

Pude haberle preguntado si Marguerite estaba en su casa, pero podía responderme que no y yo prefería dudar dos minutos más, porque en la duda aún había esperanza.

Presté oídos pegado a la puerta, esperando sorprender algún ruido, un movimiento.

Nada. El silencio del campo parecía haber llegado hasta ahí. Abrí la puerta y entré. Todas las cortinas estaban bien cerradas. Abrí las del comedor, me dirigí a la recámara y empujé la puerta. Tomé de inmediato el cordón de las cortinas y tiré de él con violencia. Las cortinas se abrieron; entró un débil rayo de luz y corrí a la cama. ¡Estaba vacía!

Abrí las puertas, una tras otra, entré a todas las habitaciones. Nadie. Era como para volverse loco.

Pasé al tocador, abrí la ventana y llamé a Prudence varias veces. La ventana de la señora Duvernoy permaneció cerrada.

Entonces bajé a ver al portero y le pregunté si la señorita Gautier había venido a su casa durante el día.

—Sí —me respondió el hombre—, con la señora Duvernoy.

—¿No dejó recado para mí?

—Nada.

—¿Sabe qué hicieron después?

—Se subieron a un coche.

—¿Qué tipo de coche?

—A una berlina particular.

¿Qué significaba todo eso?

Llamé a la puerta vecina.

—¿Adónde va, señor? —me preguntó el portero después de abrirme.

—A casa de la señora Duvernoy.

—No ha regresado.

—¿Está seguro?

—Sí, señor; incluso aquí tengo una carta que trajeron para ella anoche y que todavía no le entrego.

El portero me mostró una carta a la que eché una mirada de forma automática. Reconocí la caligrafía de Marguerite.

Tomé la carta. El sobre decía lo siguiente: «Para la señora Duvernoy, para entregar al señor Duval».

—Esta carta es para mí —le dije al portero enseñándole el destinatario.

—¿Usted es el señor Duval? —preguntó el hombre.

—Sí.

—¡Ah!, lo reconozco, usted viene con frecuencia a casa de la señora Duvernoy.

Una vez en la calle, rompí el sello de la carta. Un rayo que me hubiera caído a los pies no me hubiera espantado tanto como aquella lectura:

> Armand:
>
> Cuando lea esta carta yo ya seré la amante de otro hombre. Así que todo ha terminado entre nosotros.
>
> Vuelva al lado de su padre, amigo mío, vaya a ver a su hermana, joven casta, ignorante de todas nuestras miserias, y junto a quien usted olvidará muy pronto todo lo que lo ha hecho sufrir esta joven perdida, a la que llaman Marguerite Gautier, a quien usted tuvo a bien amar un instante y quien le debe los únicos momentos felices de una vida que ella espera ya no será larga.

Cuando leí la última palabra, creí que me volvería loco. Por un momento temí realmente caerme sobre el pavimento de la calle. Mi mirada se nubló y la sangre me golpeaba las sienes.

Al fin me repuse un poco, miré a mi alrededor, asombrado de ver cómo la vida de los demás continuaba sin detenerse frente a mi desgracia.

No tenía la fuerza suficiente para soportar solo el golpe que Marguerite me asestaba.

Entonces, recordé que mi padre estaba en la misma ciudad que yo, que en diez minutos podría estar con él y que, cualquiera que fuera la causa de mi dolor, él la compartiría.

Corrí como un loco, como un ladrón, hasta el Hotel de París; encontré la llave sobre la puerta del departamento de mi padre. Entré.

Él estaba leyendo. A juzgar por el poco asombro que mostró al verme ahí, hubiera dicho que me esperaba.

Me precipité en sus brazos sin decir una palabra, le di la carta de Marguerite y, dejándome caer frente a su cama, lloré a lágrima viva.

Capítulo XXIII

Cuando todas las cosas de la vida retomaron su curso, no podía creer que el día que despuntaba no sería igual para mí a los que lo precedieron. Había momentos en los que me figuraba que una circunstancia que no podía recordar me había hecho pasar la noche fuera de casa de Marguerite, pero que si volvía a Bougival, la encontraría preocupada como yo lo había estado, y que me preguntaría qué me había retenido lejos de ella.

Cuando la existencia ha contraído un hábito como el del amor, parece imposible que esa costumbre se rompa sin quebrar al mismo tiempo todos los otros motivos de la vida.

De ese modo, me vi obligado a releer de cuando en cuando la carta de Marguerite para convencerme de que no había soñado.

Al sucumbir a la conmoción moral, mi cuerpo era incapaz de realizar ningún movimiento. La inquietud, la caminata de la noche y la noticia de la mañana me habían agotado. Mi padre aprovechó ese abatimiento absoluto de mis fuerzas para solicitarme la promesa formal de marcharme con él.

Le prometí todo lo que él quiso. Era incapaz de tener una discusión y necesitaba un afecto real para ayudarme a vivir después de lo que acababa de pasar.

Estaba muy feliz de que mi padre quisiera consolarme de una pena semejante.

Todo lo que recuerdo es que ese día, hacia las cinco, me hizo subir con él a un coche de posta. Sin decirme nada, había mandado preparar mis maletas, ordenó que las subieran junto a las suyas en la parte posterior del coche y me llevó con él.

No me di cuenta de lo que hacía sino hasta que la ciudad desapareció y la soledad de la rutina me recordó el vacío de mi corazón.

Entonces, me volvieron a saltar las lágrimas.

Mi padre había comprendido que las palabras, incluso las suyas, no me consolarían, y me dejaba llorar sin decir nada, contentándose con estrecharme la mano de vez en cuando, como para recordarme que tenía un amigo a mi lado.

Por la noche, dormí poco. Soñé con Marguerite.

Me desperté sobresaltado, sin entender por qué estaba en un coche. Luego, la realidad volvió a mi mente y dejé caer la cabeza sobre el pecho.

No me atrevía a hablar con mi padre, temía siempre que me dijera: «Puedes ver que tenía razón cuando negaba el amor de esa mujer». Pero no abusó de esa ventaja y llegamos a C. sin que me dijera nada más que palabras por completo ajenas al acontecimiento que me había hecho partir.

Al besar a mi hermana recordé las palabras de la carta de Marguerite que se referían a ella, pero de inmediato comprendí que, por buena que fuera, mi hermana no sería suficiente para hacerme olvidar a mi amante.

La temporada de caza estaba abierta, mi padre pensó que sería una distracción para mí. Entonces, organizó las partidas de caza con vecinos y amigos. Yo acudía a ellas sin desagrado, pero sin entusiasmo, con esa suerte de apatía que caracterizaba todas mis acciones desde que me marché.

Cazábamos al ojeo. Me daban una posición y ahí me quedaba, con el fusil sin cargar a mi lado, soñando.

Miraba las nubes pasar, dejaba que mi pensamiento vagara en las llanuras solitarias y, de cuando en cuando, escuchaba que algún cazador me llamaba para señalar una liebre que estaba a diez pasos de mí.

Ninguno de esos detalles escapaba a mi padre, él no se dejaba engañar por mi calma exterior. Comprendía bien que, por abatido que estuviera, mi corazón tendría cualquier día una reacción terrible, quizá peligrosa; y si bien tenía cuidado de evitar que parecía consolarme, hacía todo lo posible por distraerme.

Naturalmente, mi hermana no compartía el secreto de todos esos acontecimientos; por lo tanto, no se explicaba por qué yo, antes tan alegre, de pronto me había vuelto tan taciturno y tan triste.

En ocasiones, sorprendido en medio de mi tristeza por la mirada inquieta de mi padre, le tendía la mano y la apretaba en la suya como para pedirle de manera tácita perdón por el daño que, a mi pesar, le hacía.

Así pasó un mes, pero eso fue todo lo que pude soportar.

El recuerdo de Marguerite me perseguía sin cesar. Había amado y amaba demasiado a esa mujer como para que me fuera de pronto indiferente. Tenía que amarla u odiarla. Sobre todo, cualquiera que fuera el sentimiento que tenía por ella, tenía que volver a verla, enseguida.

Ese deseo entró en mi cabeza y ahí se arraigó con toda la violencia de la voluntad que volvía a aparecer al fin en un cuerpo inerte desde hacía mucho tiempo.

Marguerite me hacía falta, no en el futuro, no en un mes, no en ocho días; me hacía falta al día siguiente en el que se me ocurrió la idea; así, le dije a mi padre que tenía que dejarlo para atender asuntos que me llamaban en París, pero que regresaría enseguida.

Sin duda adivinó el motivo que me hacía partir, puesto que insistió en que me quedara; pero, al ver que el incumplimiento de ese deseo, en el estado tan irritable en el que me encontraba, podría tener consecuencias fatales para mí, me abrazó y me rogó, casi con lágrimas en los ojos, que regresara rápido a su lado.

No dormí hasta llegar a París. Una vez ahí, ¿qué haría? Lo ignoraba, pero antes que nada tenía que ocuparme de Marguerite.

Fui a mi casa a cambiarme y, como hacía buen tiempo y aún era temprano, fui a Campos Elíseos.

Al cabo de media hora vi venir a lo lejos, desde la glorieta hacia la plaza de la Concordia, el coche de Marguerite.

Había recuperado sus caballos, porque el coche era el mismo de antes, solo que ella no estaba en el interior.

En el momento en que noté su ausencia, miré alrededor y vi que Marguerite bajaba a pie, acompañada de una mujer que nunca había visto antes.

Al pasar a mi lado, ella palideció y una sonrisa nerviosa crispó sus labios. Por mi parte, el violento latido de mi corazón sacudió mi pecho, pero logré asumir una expresión fría y saludé con indiferencia a mi antigua amante, quien se apresuró a llegar a su coche para subirse con su amiga.

Conocía a Marguerite. Nuestro encuentro inesperado debió trastornarla. Sin duda supo de mi partida, que la tranquilizó como resultado de nuestra ruptura; pero al verme regresar y encontrarse cara a cara conmigo, pálido como estaba, comprendió que mi retorno tenía un propósito y debía preguntarse qué pasaría.

Si hubiera visto que Marguerite era desdichada; si, por vengarme de ella, hubiera podido ir en su ayuda, quizá la habría perdonado y sin duda no hubiera pensado hacerle daño; pero la vi feliz, al menos en apariencia; alguien le había brindado el lujo que yo no pude darle; nuestra ruptura, que ella había provocado, adquiría en consecuencia la índole del más bajo interés; me sentía humillado tanto en mi amor propio como en mi amor; debía pagar necesariamente lo que yo había sufrido.

No podía ser indiferente a lo que hacía esa mujer; en consecuencia, lo que más debía lastimarla era mi indiferencia. Tendría, pues, que fingir ese sentimiento, no solo a sus ojos, sino a los ojos de todos los demás.

Intenté sonreír y fui a casa de Prudence. La doncella fue a anunciarme y me hizo esperar unos instantes en la sala.

Al fin apareció la señora Duvernoy y me hizo pasar a su tocador. Cuando me senté, escuché que se abría la puerta de la sala y un paso ligero hizo crujir el parqué; luego, la puerta del rellano se cerró con violencia.

—¿La molesto? —le pregunté a Prudence.

—En absoluto. Marguerite estaba aquí. Cuando escuchó que lo anunciaban, huyó; ella es la que acaba de salir.

—¿Ahora le doy miedo?

—No, pero teme que a usted le sea desagradable volver a verla.

—¿Y por qué? —pregunté haciendo un esfuerzo por respirar tranquilamente, puesto que la emoción me sofocaba—. La pobre chica me abandonó para volver a tener su coche, sus muebles y sus diamantes; hizo bien y no tengo por qué guardarle rencor. Me la encontré hoy —agregué con indiferencia.

—¿Dónde? —dijo Prudence; me miraba y parecía preguntarse si ese hombre era en realidad el que ella había conocido tan enamorado.

—En Campos Elíseos, estaba con otra mujer muy bonita. ¿Quién es esa mujer?

—¿Cómo es?

—Rubia, delgada, con rizos, ojos azules, muy elegante.

—¡Ah!, es Olympe; una chica muy bella, en efecto.

—¿Con quién vive?

—Con nadie y con todo el mundo.

—¿Y dónde vive?

—En la calle Tronchet, número… ¡Ah!, ¿quiere cortejarla?

—Uno nunca sabe lo que puede pasar.

—¿Y Marguerite?

—Mentiría si le dijera que ya no pienso en ella, pero soy de esos hombres para quienes la manera de terminar una relación es importante. Ahora bien, Marguerite me despidió de una forma tan ligera que me considero un bobo por haber estado enamorado como lo estuve, pues la verdad es que amé mucho a esa chica.

Puede imaginar el tono con el que intentaba decir esas cosas, el sudor me corría por la frente.

—Ella lo quería de verdad y lo sigue queriendo. Prueba de ello es que, después de haberlo visto hoy, vino de inmediato a hablarme de ese encuentro. Cuando llegó temblaba de arriba abajo, casi se pone mal.

—Y ella, ¿qué le dijo?

—Me dijo: «Sin duda vendrá a verla», y me rogó que implore su perdón.

—Puede decirle que ya la perdoné. Es una buena chica, pero es más que una chica; y debí esperar lo que me hizo. Incluso le agradezco su decisión, puesto que hoy me pregunto adónde nos habría llevado mi idea de vivir con ella. Era una locura.

—Le dará mucho gusto saber que ya entendió la necesidad en la que ella se encontraba. Ya era tiempo de que lo dejara, querido. El negociante sinvergüenza a quien le propuso vender su mobiliario fue a ver a sus acreedores para preguntarles cuánto les debía ella; estos tuvieron miedo e iban a vender todo en dos días.

—Y ahora, ¿ya está pagado?

—Casi.

—¿Y quién dio los fondos?

—El conde de N. ¡Ah, querido!, hay hombres que están hechos justo para eso. En fin, le dio veinte mil francos, pero logró sus fines. Él sabe bien que Marguerite no está enamorada de él, pero eso no le impide mostrarse tan amable con ella. Ya lo vio, recuperó sus caballos, sacó sus joyas de la casa de empeño y le da tanto dinero como le daba el duque; si ella quiere vivir tranquilamente, ese hombre se quedará mucho tiempo con ella.

—¿Y ella qué hace? ¿Vive todo el tiempo en París?

—Nunca quiso regresar a Bougival desde que usted se marchó. Yo fui a buscar todas sus cosas, hasta las de usted; hice un paquete que puede mandar a recoger aquí. Está todo, salvo una pequeña cartera con sus iniciales. Marguerite quiso conservarla y se la llevó a su casa. Si le interesa, se la pediré.

—Que se la quede —murmuré, porque sentía que las lágrimas brotaban desde mi corazón hasta mis ojos al recordar ese pueblo en el que fui tan feliz, y con la idea de que Marguerite quería guardar algo mío para recordarme.

Si hubiera entrado en ese momento, mi decisión de venganza habría desaparecido y habría caído a sus pies.

—Por lo demás —continuó Prudence—, nunca la había visto como ahora: casi no duerme, va a todos los bailes, a cenas, hasta bebe un poco de más. Hace poco, después de una cena, guardó cama ocho días y cuando el médico le permitió levantarse, volvió a empezar, aún a riesgo de morir. ¿Irá a verla?

—¿Para qué? Vine a verla a usted porque siempre ha sido encantadora conmigo y la conocí antes de conocer a Marguerite. A usted le debo haber podido ser su amante, como es a usted a quien debo ya no serlo, ¿no es así?

—¡Ah, por Dios! Yo hice todo lo que pude para que ella lo abandonara y creo que, más adelante, no me guardará rencor por ello.

—Le estoy doblemente agradecido —agregué poniéndome de pie; esta mujer empezaba a desagradarme al ver que tomaba en serio todo lo que le decía.

—¿Ya se va?

—Sí.

Ya sabía bastante.

—¿Cuándo volveremos a verlo?

—Pronto. Adiós.

—Adiós.

Prudence me acompañó hasta la puerta y regresé a mi casa con lágrimas de rabia en los ojos y una necesidad de venganza en el corazón.

Decididamente, Marguerite era una chica como las otras; ese amor profundo que tuvo por mí no pudo luchar contra el deseo de retomar su vida pasada ni contra la necesidad de tener un coche y organizar orgías.

Esto era lo me decía en medio de mis insomnios, en tanto que, si hubiera pensado con frialdad que yo la afectaba, habría visto en esta nueva bulliciosa existencia de Marguerite la esperanza que ponía en acallar un pensamiento continuo, un recuerdo incesante.

Por desgracia, una mala pasión me dominaba y yo solo buscaba un medio para torturar a esa pobre criatura.

¡Oh!, qué mezquino y qué vil es el hombre cuando lastiman una de sus ruines pasiones.

Aquella Olympe con quien la vi era, si no la amiga de Marguerite, al menos la persona a la que frecuentaba más desde su regreso a París. Iba a dar un baile, y como supuse que Marguerite asistiría, busqué el modo de que me enviaran una invitación y la obtuve.

Cuando, abrumado por mis dolorosas emociones, llegué a ese baile, estaba ya muy animado. Bailaban, incluso gritaban, y en una de las cuadrillas advertí a Marguerite que bailaba con el conde de N., quien al parecer estaba muy orgulloso de mostrarla y de decirle a todo el mundo «¡Esta mujer es mía!».

Fui a recargarme en la chimenea, justo frente a Marguerite, y la observé bailar. En el momento en el que me advirtió, se perturbó. La miré y la saludé con aire distraído, con una señal de la mano y con la mirada.

Cuando pensaba que, después del baile, no sería conmigo sino con ese rico imbécil con quien partiría, cuando me imaginaba lo que seguramente sucedería al llegar a casa de ella, la sangre me subió al rostro y sentí la necesidad de perturbar su amorío.

Después de la contradanza fui a saludar a la dueña de la casa, quien mostraba a los ojos de todos los invitados su magnífica espalda y la mitad de un pecho resplandeciente.

Esa mujer era hermosa, y desde el punto de vista de las formas, más bella que Marguerite. Lo entendí mejor aún por ciertas miradas que le lanzó a Olympe mientras yo hablaba con ella. El hombre que era el amante de esa mujer podría estar tan orgulloso como lo estaba el señor de N., y ella era lo suficientemente hermosa como para inspirar una pasión similar a la que Marguerite me había inspirado.

En esa época no tenía amante. No sería difícil llegar a serlo. Todo consistía en mostrar el dinero suficiente para llamar la atención.

Me decisión estaba tomada: esa mujer sería mi querida.

Empecé a asumir mi papel como pretendiente al bailar con Olympe.

Media hora después, Marguerite, pálida como una muerta, se ponía la pelliza y abandonaba el baile.

Capítulo XXIV

Ya era algo, pero no bastante. Comprendía el dominio que tenía sobre esa mujer, y abusaba de él como un cobarde.

Cuando pienso que ahora está muerta, me pregunto si Dios me perdonará alguna vez el daño que le hice.

Después de la cena, que fue una de las más agitadas, nos pusimos a jugar. Me senté al lado de Olympe y aposté mi dinero con tanta osadía que ella no pudo evitar poner atención. En poco tiempo gané ciento cincuenta o doscientos luises que desplegué frente a mí y sobre los cuales ella fijó su mirada ardiente.

Yo era el único que no se preocupaba en absoluto del juego y quien solo se interesaba en ella. Seguí ganando el resto de la noche y fui yo quien le dio dinero para jugar, porque ella había perdido todo lo que llevaba encima y, probablemente, hasta lo que tenía en casa.

A las cinco de la mañana nos marchamos. Yo había ganado trescientos luises. Todos los jugadores ya habían bajado y solo yo me quedé atrás sin que se dieran cuenta, puesto que no era amigo de ninguno de esos señores.

Olympe alumbraba la escalera; yo iba a bajar como los demás cuando, volviéndome hacia ella, le dije:

—Tengo que hablar con usted.

—Mañana —respondió.

—No, ahora.

—¿Qué tiene que decirme?

—Ya lo verá.

Regresé al departamento.

—¿Perdió? —pregunté.

—Sí.

—¿Todo lo que tenía en casa?

Ella dudó.

—Sea franca —agregué.

—Sí, es verdad.

—Yo gané trescientos luises, ahí los tiene si me deja quedarme aquí —dije lanzando el dinero sobre la mesa.

—¿Por qué me hace esta proposición?

—¡Porque la amo, por Dios!

—No, lo hace porque está enamorado de Marguerite y quiere vengarse de ella convirtiéndose en mi amante. No se engaña a una mujer como yo, querido amigo; por desgracia, aún soy demasiado joven y demasiado bella para aceptar el papel que me propone.

—Entonces, ¿se niega?

—Sí.

—¿Prefiere amarme por nada? Soy yo quien no aceptaría. Piénselo, querida Olympe, si le hubiera enviado a cualquier persona para proponerle estos trescientos luises de mi parte con las condiciones que pongo, hubiera aceptado. Preferí tratar directamente con usted. Acepte sin buscar los motivos que me hacen actuar; dígase que usted es hermosa y que no es de asombrar que yo esté enamorado de usted.

Al igual que Marguerite, Olympe era una cortesana; sin embargo, la primera vez que la vi no me hubiera atrevido a expresar lo que acababa de decirle a esta mujer. Es que yo amaba a Marguerite, que había adivinado en ella los instintos de los que esta mujer carecía y que, en el momento mismo en el que propuse el trato, a pesar de su extrema belleza, aquella con quien iba a cerrarlo me repugnaba.

Por supuesto, acabó por aceptar y a mediodía salí de su casa siendo su amante, pero salí de su cama sin llevarme el recuerdo de las caricias y las palabras de amor que se creyó obligada a prodigarme por los seis mil francos que le dejaba. Con todo, había quien se había arruinado por aquella mujer.

A partir de ese día sometí a Marguerite a una persecución constante. Olympe y ella dejaron de verse, sin duda comprenderá la razón. A mi nueva amante le regalé un coche y joyas; yo jugaba, hice todas las locuras propias de un hombre enamorado de una mujer como Olympe. El rumor de mi nueva pasión se extendió de inmediato.

Incluso Prudence se dejó engañar y acabó por creer que había olvidado por completo a Marguerite. Esta última, ya sea que hubiera adivinado el motivo de mis acciones o que se engañara como los demás, respondió con gran dignidad a las heridas que le provocaba todos los días. Solo que, al parecer, ella sufría, porque dondequiera que la encontraba siempre la veía cada vez más pálida, cada vez más triste. Mi amor por ella, exaltado a tal punto que se creía convertido en odio, se alegraba a la vista de ese dolor cotidiano. Varias veces, en circunstancias en las que me comporté con una crueldad infame, Marguerite me lanzó miradas tan suplicantes que me avergoncé de mis acciones y estuve a punto de pedirle perdón.

Pero esos arrepentimientos duraban lo que dura un relámpago y Olympe, quien había acabado por hacer de lado cualquier suerte de amor propio y por comprender que al hacerle daño a Marguerite obtendría de mí todo lo que quisiera, me instigaba constantemente en su contra y la insultaba cada vez que tenía la ocasión, con esa persistencia cobarde de la mujer que tiene la autorización de un hombre.

Marguerite acabó por no ir más a bailes ni a espectáculos por miedo de encontrarnos a Olympe y a mí. Así, las cartas anónimas reemplazaron a las impertinencias directas, y no había cosas vergonzosas sobre Marguerite que no exhortara a mi amante a contar y que no relatara yo mismo sobre ella.

Habría que estar loco para llegar a eso. Me comportaba como un hombre que, tras emborracharse con mal vino, cae en una de esas euforias nerviosas en las que la mano es capaz de cometer un crimen sin que el pensamiento intervenga. En medio de todo aquello yo sufría un martirio. La calma sin desdén, la dignidad sin desprecio con que Marguerite respondía a todos mis ataques y que, a mis propios ojos, la hacían superior a mí, me irritaban aún más contra ella.

Una noche, Olympe había ido quién sabe adónde y se encontró a Marguerite, quien esta vez no toleró a la chica tonta que la insultaba, hasta el punto que Olympe tuvo que ceder el sitio. Volvió furiosa, y a Marguerite se la llevaron desmayada.

Al volver, Olympe me contó lo que había pasado; me dijo que Marguerite, al verla sola, quiso vengarse de que ella fuera mi amante y que yo tenía que escribirle para decirle que respetara a la mujer a la que amaba, estuviera yo presente o no.

No necesito decirle que acepté hacerlo y que todo lo que pude encontrar de amargo, de vergonzoso y de cruel, lo puse en esa epístola que le envié el mismo día a su dirección.

Esta vez, el golpe fue demasiado fuerte como para que la pobre lo soportara sin decir nada.

No dudaba de que me llegaría una respuesta, por lo que decidí no salir de mi casa en todo el día.

Hacia las dos, tocaron a la puerta y vi entrar a Prudence.

Traté de adoptar una actitud indiferente para preguntarle a qué debía su visita; pero ese día la señora Duvernoy no estaba risueña y, con tono serio y conmovido, me dijo que, desde mi regreso, es decir, desde hacía aproximadamente tres semanas, yo no había dejado escapar una ocasión para hacer sufrir a Marguerite; que ella estaba enferma, y que la escena del día anterior y mi carta de esa mañana la habían postrado en cama.

En pocas palabras, sin hacerme reproches, Marguerite me pedía clemencia y mandaba decirme que ya no tenía ni la fuerza moral ni la fuerza física para soportar lo que yo le hacía.

—La señorita Gautier está en su derecho de correrme de su casa —le dije a Prudence—, pero que insulte a la mujer que amo con el pretexto de que esa mujer es mi amante, no lo permitiré jamás.

—Amigo mío —respondió Prudence—, está usted sometido a la influencia de una chica sin corazón y sin inteligencia; cierto, está enamorado, pero esa no es razón para torturar a una mujer que no puede defenderse.

—Que la señorita Gautier me envíe a su conde de N. y la partida se igualará.

—Sabe bien que no lo hará. Querido Armand, déjela tranquila; si la viera le daría vergüenza la manera en la que se comporta con ella. Está pálida, tose, ya no llegará muy lejos. Vaya a verla —agregó, tendiéndome la mano—, su visita la hará muy feliz.

—No tengo ganas de encontrarme con el señor de N.

—El señor de N. nunca está en su casa. Ella no puede soportarlo.

—Si Marguerite quiere verme, sabe dónde vivo; que venga, pero yo no pondré un pie en la calle d'Antin.

—¿Y la recibirá bien?

—Perfectamente.

—Pues bien, estoy segura de que vendrá.

—Que venga.

—¿Usted saldrá hoy?

—Estaré en casa toda la noche.

—Se lo diré.

Prudence se marchó.

Ni siquiera le escribí a Olympe para decirle que no iría a verla. Con esa chica no me tomaba molestias. Apenas si pasaba con ella una noche por semana. Me parece que ella se consolaba con un actor de no sé qué teatro del bulevar.

Salí a cenar y regresé casi de inmediato. Mandé encender todas las chimeneas y le dije a Joseph que se fuera.

No podría explicarle las distintas impresiones entre las que me debatí durante una hora de espera; pero cuando hacia las nueve escuché la puerta, se redujeron a una emoción tal que, al ir a abrirla, me vi obligado a apoyarme contra la pared para no caer.

Por suerte, la antecámara estaba ensombrecida y mis facciones alteradas eran menos visibles.

Marguerite entró. Iba vestida toda de negro y llevaba un velo. Apenas reconocí su rostro bajo el encaje. Entró a la sala y se levantó el velo; estaba pálida como el mármol.

—Aquí estoy, Armand —dijo—. Quería verme y vine. Dejó caer la cabeza entre las manos y se deshizo en lágrimas.

Me acerqué a ella.

—¿Qué tiene? —pregunté con voz alterada.

Me apretó la mano sin responderme, ya que las lágrimas velaban aún su voz. Un momento más tarde, cuando recuperó un poco la calma, me dijo:

—Me ha hecho usted mucho daño, Armand, y yo no le he hecho nada.

—¿Nada? —repuse con una sonrisa amarga.

—Nada que las circunstancias no me hayan obligado a hacerle.

No sé si alguna vez en su vida ha sentido o sentirá lo que yo experimentaba en presencia de Marguerite. La última vez que ella vino a mi casa se sentó en el mismo sitio en el que acababa de sentarse; solo que desde aquella época había sido la amante de otro; otros besos distintos de los míos habían tocado sus labios hacia los que, a mi pesar, tendían los míos; sin embargo, sentía que amaba a esa mujer tanto, o quizá más, de lo que nunca había amado.

No obstante, me resultaba difícil entablar la conversación por la que había venido. Sin duda, Marguerite lo entendió, puesto que agregó:

—Vengo a molestarlo, Armand, porque tengo dos cosas que pedirle: perdón por lo que le dije ayer a la señorita Olympe, y clemencia por lo que quizá está todavía dispuesto a hacerme. A propósito o no, desde que regresó me ha hecho tanto daño que sería incapaz ahora de soportar un cuarto de las emociones que he soportado hasta esta mañana. Tendrá piedad de mí, ¿verdad? Y comprenderá que para un hombre de corazón, hay cosas más nobles que vengarse de una mujer enferma y triste como lo estoy yo. Vamos, tome mi mano. Tengo fiebre, salí de mi cama para venir a suplicarle, no ya su amistad, sino su indiferencia.

Eso hice, tomé la mano de Marguerite, estaba ardiendo y la pobre mujer tiritaba bajo su abrigo de terciopelo.

Arrastré el sofá donde estaba sentada hasta la chimenea.

—¿Cree que yo no sufrí —repuse— la noche en la que, después de haberla esperado en el campo, vine a buscarla a París, donde encontré esta carta que casi me vuelve loco? ¡Cómo pudo engañarme, Marguerite, yo que tanto la amaba!

—No hablemos de eso, Armand, no vine a hablar de ese asunto. Quise verlo no como un enemigo, eso es todo, y quise estrechar su mano una vez más. Tiene una amante joven, bonita, a la que según dicen, usted ama: sea feliz con ella y olvídeme.

—¿Y usted?, sin duda es feliz.

—¿Tengo la cara de una mujer feliz, Armand? No se burle de mi dolor; usted sabe mejor que nadie cuál es la causa y el alcance.

—Solo dependía de usted nunca más ser infeliz, si lo es como dice.

—No, amigo mío, las circunstancias fueron más fuertes que mi voluntad. No obedecí a mis instintos de chica de la calle, como al parecer usted afirma, sino a una seria necesidad y a razones que algún día conocerá y que harán que me perdone.

—¿Por qué no me dice ahora esas razones?

—Porque no restablecerán un acercamiento imposible entre nosotros y quizá solo lo alejarán de las personas de las que no debe alejarse.

—¿Quiénes son esas personas?

—No puedo decirle.

—Entonces, miente.

Marguerite se levantó y se dirigió a la puerta.

Yo no podía presenciar ese dolor mudo y expresivo sin sentirme conmovido, al comparar a esa mujer pálida y llorosa con la chica loca que se había burlado de mí en la Opéra-Comique.

—No se irá —dije poniéndome frente a la puerta.

—¿Por qué?

—Porque, a pesar de lo que me ha hecho, la sigo amando y quiero que se quede aquí.

—Para correrme mañana, ¿cierto? No, ¡es imposible! Nuestros destinos están separados, no tratemos de juntarlos; quizá me despreciará, en tanto que ahora solo puede odiarme.

—No, Marguerite —exclamé, sintiendo que todo mi amor y todos mis deseos se despertaban al contacto de esa mujer—. No, olvidaré todo y seremos felices, como prometimos serlo.

Marguerite sacudió la cabeza en señal de duda.

—¿No soy su esclava, su perro? Haga conmigo lo que le plazca, tómeme, soy suya.

Se quitó el abrigo y el sombrero, los aventó al sofá y empezó a desabrocharse bruscamente el corsé de su vestido porque, por una de esas reacciones tan frecuentes en su enfermedad, la ahogaba la sangre que se le agolpaba del corazón a la cabeza. Siguió una tos seca y ronca.

—Mande decir a mi cochero que se lleve el coche —dijo.

Yo mismo bajé para despedir a ese hombre.

Cuando regresé, Marguerite estaba tendida frente a la chimenea y sus dientes castañeaban de frío. La tomé en mis brazos, la desnudé sin que ella hiciera un solo movimiento y la llevé, helada como estaba, a mi cama. Me senté junto a ella y traté de calentarla con mis caricias. No decía ni una sola palabra, pero me sonreía.

¡Ah!, qué noche tan extraña. Toda la vida de Marguerite parecía pasar en los besos con los que me cubría. La amaba tanto que, en medio de los arrebatos de mi amor febril, me preguntaba si no debía matarla para que jamás le perteneciera a otro.

Un mes de amor como ese, tanto de cuerpo como de corazón, quedaría reducido a un cadáver.

El día nos sorprendió despiertos.

Marguerite estaba lívida, no decía ni una sola palabra. De cuando en cuando, gruesas lágrimas brotaban de sus ojos y se detenían en su mejilla, brillantes como diamantes. En ocasiones, sus brazos agotados se abrían para abrazarme y volvían a caer, sin fuerza, sobre la cama.

Por un momento pensé que podría olvidar lo que había pasado tras mi partida de Bougival.

—¿Quieres que nos vayamos, que dejemos París?

—No, no —respondió casi aterrada—, seríamos muy desdichados. Yo ya no puedo hacerte feliz, pero mientras me quede aliento, seré la esclava de tus caprichos. A cualquier hora del día o de la noche que me desees, ven, seré tuya; pero no vincules tu futuro al mío, serás demasiado desdichado y me harías muy infeliz. Aún seré una chica bonita durante algún tiempo, aprovéchalo, pero no me pidas nada más.

Cuando se marchó, me espantó la soledad en la que me dejaba. Dos horas después de su partida yo seguía sentado sobre la cama que ella acababa de dejar; miraba la almohada que conservaba los pliegues de su forma, y me pregunté qué sería de mí entre mi amor y mis celos.

A las cinco, sin saber lo que iba a hacer, me dirigí a la calle d'Antin. Nanine me abrió la puerta.

—La señora no puede recibirlo —me dijo avergonzada.

—¿Por qué?

—Porque el conde de N. está aquí y me ordenó que no deje entrar a nadie.

—Cierto —balbuceé—, lo había olvidado.

Regresé a mi casa como si estuviera borracho. ¿Sabe qué hice durante el minuto de delirio de celos que bastó para que realizara la acción que iba a cometer? ¿Sabe qué hice? Me dije que esa mujer se burlaba de mí y la imaginé en su sagrada conversación a solas con el conde, repitiendo las mismas palabras que me había dicho a mí por la noche. Saqué un billete de quinientos francos y se lo envié con estas palabras: «Se fue tan rápido esta mañana que olvidé pagarle. Aquí tiene el precio de su noche».

Una vez que envié la carta, salí para escapar de los remordimientos que sentí al instante por esa infamia.

Fui a casa de Olympe, a quien encontré probándose vestidos y que, cuando estuvimos solos, me cantó obscenidades para distraerme.

Sin duda era el tipo perfecto de cortesana desvergonzada, sin corazón ni inteligencia; al menos para mí, ya que quizá algún hombre había soñado con ella como yo lo hice con Marguerite.

Me pidió dinero, se lo di y, libre entonces de irme, volví a casa.

Marguerite no había respondido.

Es inútil que le diga el estado de agitación en el que estuve todo el día siguiente.

A las seis y media, un recadero me trajo un sobre que contenía mi carta y el billete de quinientos francos, ni una palabra más.

—¿Quién le dio esto? —le pregunté al hombre.

—Una dama que se marchaba con su doncella en el coche de Boulogne; me encargó traerlo cuando el coche hubiera salido del patio.

Corrí a casa de Marguerite.

—La señora se fue a Inglaterra hoy, a las seis —me respondió el portero.

Ya nada me retenía en París, ni odio ni amor. Estaba exhausto por tanta conmoción. Uno de mis amigos iba a viajar a Oriente y fui a decirle a mi padre que deseaba acompañarlo. Mi padre me dio letras de cambio y recomendaciones; ocho o diez días después me embarqué en Marsella.

En Alejandría, un agregado de la embajada a quien había visto algunas veces en casa de Marguerite me informó de la enfermedad de la pobre mujer. Le escribí entonces la carta cuya respuesta usted conoce y que recibí en Toulon. Salí enseguida y usted ya sabe el resto.

Ahora, no le queda más que leer las pocas hojas que Julie Duprat me entregó y que son el complemento indispensable de lo que le acabo de contar.

Capítulo XXV

Cansado de ese largo relato, a menudo interrumpido por las lágrimas, Armand se llevó las manos a la frente y cerró los ojos, ya fuera por pensar o por tratar de dormir, después de darme las páginas escritas de la mano de Marguerite.

Momentos después, una respiración un poco más rápida me indicó que Armand dormía, pero de un sueño ligero que el menor ruido ahuyenta.

Esto fue lo que leí y que transcribo sin agregar u omitir ni una sílaba.

***

Hoy es 15 de diciembre. Hace tres o cuatro días que no me siento bien. Esta mañana guardé cama; el tiempo es sombrío, estoy triste; no tengo a nadie a mi lado, pienso en usted, Armand. Y usted, ¿dónde está al momento en el que escribo estas líneas? Lejos de París, muy lejos, según me dicen, y quizá ya se olvidó de Marguerite. En fin, sea feliz, usted a quien le debo los únicos momentos de alegría de mi vida.

No pude resistir el deseo de darle una explicación por mi conducta y le escribí una carta; pero escrita por una chica como yo, tal carta puede parecer una mentira, a menos que la muerte no la santifique con su autoridad y que, en lugar de ser una carta, sea una confesión.

Hoy estoy enferma, puedo morir de esa enfermedad porque siempre tuve el presentimiento de que moriría joven. Mi madre murió de un padecimiento del pecho y la forma en la que he vivido hasta hoy solo empeora esa afección, la única herencia que me dejó; pero no quiero morir sin que usted sepa a qué atenerse respecto a mí si, a su regreso, aún se preocupa por la pobre chica a la que amaba antes de partir.

He aquí lo que contenía esa carta, que con gusto volvería a escribir para dar una nueva prueba de mi justificación.

Recordará, Armand, cómo nos sorprendió la llegada de su padre a Bougival; recuerda el terror involuntario que me provocó esa llegada, la escena que tuvo lugar entre él y usted, y que me contó por la noche.

Al día siguiente, mientras usted estaba en París y esperaba a su padre, que no llegaba, un hombre se presentó en mi casa para darme una carta del señor Duval.

Esa carta, que adjunto a esta, me suplicaba en los términos más solemnes que me alejara de usted al día siguiente, con cualquier pretexto, y que recibiera a su padre; tenía que hablar conmigo y me recomendaba, sobre todo, que no le comentara nada a usted.

Usted sabe con cuánta insistencia yo le aconsejé que fuera de nuevo a París al día siguiente. Una hora después de que usted se marchara, su padre se presentó. No le diré la impresión que me provocó su rostro severo. Su padre estaba imbuido de las viejas teorías que afirman que todas las cortesanas son seres sin corazón, sin razón; una especie de máquina que se hace del dinero, siempre lista, como las máquinas de hierro, a triturar la mano que le ofrece algo, a destrozar sin piedad, sin discernimiento, a quien la hace vivir y actuar.

Su padre me había enviado una carta muy correcta para que consintiera en recibirlo; no se presentó en absoluto como había escrito. En sus primeras palabras hubo tanta altanería, tanta impertinencia e incluso amenazas como para que yo le hiciera comprender que estaba en mi casa y que no tenía por qué rendirle cuentas de mi vida, a no ser por el afecto sincero que sentía por su hijo.

El señor Duval se calmó un poco; sin embargo, empezó a decirme que no podía soportar más tiempo que su hijo se arruinara por mí; que yo era hermosa, cierto, pero que por hermosa que fuera no debía servirme de mi belleza para desperdiciar el porvenir de un joven con gastos como los que yo tenía.

A todo aquello solo me quedaba responder una cosa, ¿cierto?: enseñarle las pruebas de que, desde que era su amante, no me había costado ningún sacrificio serle fiel sin pedirle más dinero que el que usted podía darme. Le mostré las papeletas del Monte de Piedad, los recibos de las personas a quienes les vendí los objetos que no había podido empeñar; le hice saber a su padre mi decisión de deshacerme de mi mobiliario para pagar mis deudas y vivir con usted sin ser una carga muy pesada. Le hablé de nuestra felicidad, de cómo usted me había mostrado una vida más tranquila y más feliz, y acabó por rendirse ante la evidencia. Me tendió la mano, me pidió perdón por la manera en la que se presentó al principio. Luego me dijo: «Entonces, señora, no será con reproches ni amenazas, sino con súplicas, como intentaré obtener de usted un sacrificio más grande que todos los que ya ha hecho por mi hijo».

Ese preámbulo me estremeció. Su padre se acercó a mí, me tomó las manos y siguió con tono afectuoso: «Hija mía, no tome a mal lo que le voy a decir; comprenda solamente que a veces la vida tiene necesidades crueles para el corazón, pero a las que hay que someterse. Usted es buena y su alma es de una generosidad desconocida para muchas mujeres que, quizá, la desprecian y no valen lo que usted. Pero piense que, al lado de la amante, está la familia; que además del amor están los deberes; que a la edad de las pasiones sigue la edad en la que el hombre, para ser respetado, necesita estar firmemente asentado en una posición seria. Mi hijo no tiene fortuna; sin embargo, está dispuesto a abandonar la herencia de su madre. Si aceptara de usted el sacrificio que está a punto de hacer, sería para él motivo de honor y dignidad hacerle usted a cambio esa cesión que la dejaría siempre al abrigo de una adversidad completa. Pero él no puede aceptar ese sacrificio porque el mundo, que no la conoce, atribuiría a ese consentimiento un motivo desleal que no debe alcanzar el apellido que llevamos. No considerarían si Armand la ama, si usted lo ama a él, si ese doble amor es la felicidad para él y la rehabilitación para usted; solo verían una cosa: que Armand Duval permitió que una cortesana, y perdóneme, hija mía, de todo lo que me veo obligado a decirle, vendiera por él todo lo que ella poseía. Después llegaría el día de los reproches y el arrepentimiento, téngalo por seguro, tanto para usted como para los demás, y ambos arrastrarán una cadena que no podrán romper.

¿Qué haría usted entonces? Usted habrá perdido su juventud, el futuro de mi hijo quedaría destruido; y yo, su padre, solo tendría de uno de mis hijos la recompensa que espero de los dos.

»Usted es joven, es bella, la vida la consolará; es noble y el recuerdo de una buena acción la redimirá de muchas cosas pasadas. Desde hace seis meses que la conoce, Armand me ha olvidado. Le he escrito cuatro veces sin que pensara ni una sola en responderme. ¡Hubiera podido morir sin que lo supiera!

»Cualquiera que sea su decisión de vivir de manera distinta a como lo ha hecho hasta ahora, Armand la ama y no se resignará a la reclusión a la que su modesta posición la condenaría y que no está hecha para su belleza. ¡Quién sabe qué haría entonces! Sé que ha jugado y sé también que él no le dijo nada; pero, en un momento de embriaguez hubiera podido perder una parte de lo que yo he ahorrado desde hace tantos años para la dote de mi hija, para él y para la tranquilidad de mi vejez. Lo que pudo ocurrir, aún puede suceder.

»Además, ¿está segura de que la vida que va a abandonar por él no la atraerá de nuevo? ¿Está segura, usted que lo ha amado, de que no amaría a nadie más? ¿No sufrirá usted con las trabas que su relación tendrá en la vida de su amante, de las cuales quizá no podrá consolarlo si, con el tiempo, las ideas de ambición sustituyen a los sueños de amor? Piense en todo eso, señora: usted ama a Armand, demuéstrele con el único medio que aún le queda para hacerlo: sacrificar su amor por el futuro de él. Aún no ha ocurrido ninguna desgracia, pero ocurrirá, y quizá peor de lo que preveo. Armand puede sentir celos de un hombre que la ha amado; puede provocarlo, batirse en duelo, hasta puede morir; piense en lo que usted sufrirá frente a este padre que le pedirá cuentas dc la vida de su hijo.

»Por último, hija mía, no le he dicho todo; quiero que sepa lo que me ha traído a París. Como acabo de decirle, tengo una hija. Es joven, bella, pura como un ángel. Ella también ama y ha hecho de ese amor el sueño de su vida. Le escribí todo esto a Armand, pero como estaba muy ocupado con usted, no me respondió. Pues bien, mi hija va a casarse. Desposará al hombre que ama y entrará a una familia honorable que desea que, en la mía, todo también sea honorable. La familia del hombre que se convertirá en mi yerno se enteró de la vida que Armand lleva en París y me ha hecho saber que retirará su palabra si Armand continúa con esa vida. En sus manos está el futuro de una niña que no le ha hecho nada a usted y que merece contar con un porvenir.

»¿Tiene el derecho y siente la fuerza para destrozarlo? En nombre de su amor y de su arrepentimiento, Marguerite, concédame la felicidad de mi hija».

Yo lloraba en silencio, amigo mío, frente a todas aquellas reflexiones que a menudo me había hecho y que, en boca de su padre, adquirían una realidad aún más seria. Me decía todo lo que su padre no se atrevía a decirme y que más de veinte veces tuvo en la punta de la lengua: que después de todo yo no era más que una cortesana, y que cualquiera que fuera la razón que diera a nuestra relación, siempre parecería una suerte de cálculo; que mi vida pasada no me dejaba ningún derecho de soñar un futuro semejante y que aceptaba responsabilidades que mis costumbres y mi reputación no garantizaban en modo alguno. Yo lo amaba, Armand. La manera paternal en la que el señor Duval me hablaba; los sentimientos castos que evocaba en mí; la estima de ese anciano leal que yo conquistaría; la suya, que estaba segura de obtener más adelante, todo eso despertó en mi corazón pensamientos nobles que me enaltecían a mis ojos y que daban voz a santas vanidades, desconocidas hasta entonces. Cuando pensaba que un día ese anciano que suplicaba por el futuro de su hijo le diría a su hija que me nombrara en sus plegarias, como el nombre de una amiga misteriosa, me transformaba y me hacía sentirme orgullosa de mí.

La emoción del momento quizá exageraba la verdad de esas impresiones; pero eso era lo que yo experimentaba, amigo mío, y esos nuevos sentimientos acallaban los consejos que me daba el recuerdo de los días felices que pasé a su lado.

«Está bien, señor», le dije a su padre enjugándome las lágrimas. «¿Cree usted que amo a su hijo?».

«Sí», me respondió el señor Duval.

«¿Y que mi amor es desinteresado?».

«Sí».

«¿Cree que había hecho de ese amor la esperanza, el sueño y el perdón de mi vida?».

«Sin lugar a dudas».

«Pues bien, señor, béseme una vez como besaría a su hija y le juro que ese beso, el único verdaderamente casto que yo haya recibido, me fortalecerá contra mi amor, y que antes de ocho días su hijo habrá regresado a su lado, quizá desdichado durante algún tiempo, pero curado para siempre».

«Usted es una chica noble», respondió su padre al tiempo que me daba un beso en la frente, «hará algo que Dios le tendrá en cuenta, pero temo que no obtenga nada de mi hijo».

«¡Oh!, quédese tranquilo, señor, me odiará».

Entre nosotros hacía falta una barrera infranqueable, para uno tanto como para el otro.

Le escribí a Prudence para decirle que aceptaba las proposiciones del conde de N. y le dijera yo que cenaría con ella y con él.

Sellé la carta y, sin decirle lo que contenía, le rogué a su padre que la enviara a su destino en París. Sin embargo, me preguntó qué decía.

«Es la felicidad de su hijo», le respondí.

Su padre me besó una última vez. Sentí sobre mi frente dos lágrimas de agradecimiento que fueron como el bautismo de mis faltas de antaño, y en el momento en el que acababa de consentir entregarme a otro hombre, irradiaba de orgullo al pensar lo que redimía con esta nueva falta.

Era lo más natural, Armand; usted me había dicho que su padre era el hombre más honesto que se podía encontrar.

El señor Duval subió a su coche y partió.

Sin embargo, soy mujer y cuando volví a verlo a usted no pude evitar llorar, pero no flaqueé.

¿Hice bien? Eso es lo que me pregunto ahora que tengo que postrarme en una cama que tal vez dejaré solo cuando esté muerta. Usted fue testigo de lo que yo padecía conforme se acercaba el momento de nuestra inevitable separación; su padre ya no estaba ahí para apoyarme y hubo un momento en el que estuve a punto de confesarle todo, tan espantada como estaba ante la idea de que usted me odiara y me despreciara.

Una cosa que quizá no crea, Armand, es que le rogué a Dios que me diera la fuerza; y una prueba de que él aceptaba mi sacrificio es que me concedió el aliento que le imploraba.

En esa cena tuve aún necesidad de ayuda, porque no quería saber qué haría en caso de que me faltara el valor.

¿Quién me hubiera dicho a mí, Marguerite Gautier, que sufriría con solo pensar en un nuevo amante?

Bebí para olvidar y cuando me desperté al día siguiente estaba en la cama del conde.

Esa es toda la verdad, amigo; juzgue y perdóneme como yo le he perdonado a usted todo el mal que me ha hecho desde ese día.

Capítulo XXVI

Lo que siguió a esa noche fatal, usted lo sabe tan bien como yo; pero lo que no sabe, lo que no puede suponer, es que he sufrido desde nuestra separación.

Me enteré de que su padre se lo había llevado con él, pero yo imaginaba que no podría vivir mucho tiempo lejos de mí y, el día en que lo encontré en Campos Elíseos me conmoví, pero no me sorprendí.

Entonces, empezó esa serie de días en los que cada uno me traía un nuevo insulto suyo, ofensas que recibía casi con alegría porque, aparte de que eran la prueba de que aún me amaba, me parecía que, entre más me perseguía, más me engrandecería a sus ojos el día que supiera la verdad.

Que no le sorprenda ese martirio alegre, Armand, el amor que usted sintió por mí había abierto mi corazón a nobles emociones. No obstante, no fui tan fuerte de inmediato.

Entre la ejecución del sacrificio que había hecho por usted y su regreso había pasado un tiempo bastante largo durante el cual tuve necesidad de recurrir a medios físicos para no volverme loca, y aturdirme en la vida a la que me había lanzado. Prudence se lo dijo, ¿verdad?, que yo iba a todas las fiestas, a todos los bailes, a todas las orgías.

Tenía una suerte de esperanza de matarme rápidamente, a fuerza de excesos, y creo que esa confianza no tardará en realizarse. Forzosamente, mi salud se alteró cada vez más, y el día en que envié a la señora Duvernoy a que le suplicara misericordia, yo estaba agotada en cuerpo y alma.

No le recordaré, Armand, de qué manera me recompensó por la última prueba de amor que yo le di, y por medio de qué ultraje ahuyentó de París a la mujer que, moribunda, no pudo resistir su voz cuando usted le pidió una noche de amor y que, como una insensata, creyó un instante que podría resolver el pasado y el presente. Usted tiene el derecho de hacer lo que hizo, Armand: ¡no siempre me han pagado mis noches tan caras!

¡Entonces dejé todo! Olympe me reemplazó con el señor de N. y se encargó, según me dijeron, de decirle el motivo de mi partida. El conde de G. estaba en Londres. Es uno de esos hombres que, al no darle al amor con chicas como yo más que la importancia exacta para que sea un pasatiempo agradable, siguen siendo amigos de las mujeres que tuvieron y no tienen odio, puesto que nunca tuvieron celos; en fin, es uno de esos grandes señores que no nos abren más que un lado del corazón, pero nos ofrecen ambos lados de su bolsa. Enseguida pensé en él. Fui a buscarlo. Me recibió de maravilla, pero allá era el amante de una mujer de mundo y temió comprometerse al mostrarse conmigo. Me presentó a sus amigos, quienes me ofrecieron una cena tras la cual me fui con uno de ellos.

¿Qué quería que hiciera, amigo mío? ¿Matarme? Hubiera sido cargar su vida, que debe ser feliz, con un remordimiento inútil; por otro lado, ¿de qué sirve matarse cuando estamos tan cerca de morir?

Pasé al estado de un cuerpo sin alma, de cosa sin pensamiento; viví durante algún tiempo en esta vida automática y luego regresé a París y pedí noticias suyas; me enteré de que había partido en un largo viaje. Ya nada me sostenía. Mi existencia se convirtió en lo que había sido dos años antes de que lo conociera. Intenté atraer al duque, pero había herido sobremanera a aquel hombre y los viejos no son pacientes, sin duda porque se dan cuenta de que no son eternos. La enfermedad me invadía cada día más; estaba pálida, triste, más delgada aún. Los hombres que compran amor examinan la mercancía antes de tomarla. En París había mujeres más sanas, con más carnes que yo; me olvidaron un poco. He ahí el pasado hasta ayer.

Ahora estoy muy enferma. Le escribí al duque para pedirle dinero, porque yo no tengo y los acreedores volvieron y me traen sus facturas con una tenacidad despiadada. ¿Me responderá el duque? ¡Si estuviera en París, Armand! Vendría a verme y sus visitas me consolarían.

20 de diciembre

Hace un tiempo horrible, nieva, estoy sola en mi casa. Llevo tres días con tanta fiebre que no había podido escribirle ni una palabra. Nada nuevo, amigo mío; cada día tengo la vaga esperanza de recibir una carta suya, pero no llega y, sin duda, no llegará nunca. Solo los hombres tienen la fuerza de no perdonar. El duque no me ha respondido.

Prudence ha vuelto a empezar sus viajes al Monte de Piedad. No dejo de escupir sangre. ¡Oh!, le daría pena verme. Usted tiene la gran suerte de estar bajo un cielo cálido y no tener, como yo, todo un invierno helado que le pese en el pecho. Hoy me levanté un poco y, detrás de las cortinas de mi ventana, miré pasar esa vida de París con la que ahora creo en verdad haber terminado por completo. Por la calle pasaron algunos rostros conocidos, rápidos, alegres, despreocupados. Ni uno solo levantó los ojos hacia mi ventana. Sin embargo, algunos jóvenes vinieron y dejaron su nombre. Ya una vez estuve enferma y usted, quien no me conocía, que no había obtenido nada de mí más que una impertinencia el día en que lo vi por primera vez, venía a preguntar por mí todas las mañanas.

Heme enferma de nuevo. Pasamos seis meses juntos. Sentí por usted todo el amor que puede contener y dar el corazón de una mujer, y usted está lejos, me maldice y no recibo ni una palabra de consuelo de su parte. Pero estoy segura de que este abandono se debe únicamente al azar, ya que si estuviera en París no se apartaría de la cabecera de mi cama ni de mi habitación.

25 de diciembre

Mi médico me prohibió escribir todos los días. En efecto, mis recuerdos no hacen más que aumentar la fiebre; no obstante, ayer recibí una carta que me hizo bien, más por los sentimientos que expresaba que por la ayuda material que me brindaba. Así, hoy puedo escribirle. Esta carta era de su padre, y esto es lo que decía:

Señora:

Acabo de enterarme de que está enferma. Si estuviera en París, yo mismo iría a preguntar por usted; si mi hijo estuviera conmigo, le diría que fuera a buscarla, pero no puedo irme de C. y Armand está a seiscientas o setecientas leguas de aquí; permítame entonces decirle simplemente, señora, cuánto me apena esta enfermedad y crea en mis deseos sinceros para su pronto restablecimiento.

Uno de mis buenos amigos, el señor H., se presentará en su casa. Tenga la amabilidad de recibirlo. Le he hecho un encargo cuyo resultado espero impaciente.

Reciba, señora, mis sentimientos más sinceros.

Esa es la carta que recibí. Su padre tiene un corazón noble, ámelo, amigo mío, puesto que hay pocos hombres en el mundo tan dignos de ser amados. Ese papel firmado con su nombre me ha sentado mejor que todas las recetas de nuestro insigne médico.

Esta mañana vino el señor H. Parecía muy incómodo por la delicada misión que el señor Duval le había encargado. Venía, nada más y nada menos, a traerme mil escudos de parte de su padre. Al principio lo rechacé, pero el señor H. me dijo que esa negativa ofendería al señor Duval, quien lo había autorizado a darme primero esa suma, y a ofrecerme todo lo que necesitara en adelante. Acepté ese servicio que, de parte de su padre, no puede ser una limosna. Si cuando usted regrese estoy muerta, muéstrele a su padre lo que acabo de escribir para él y dígale que, al redactar estas líneas, la pobre chica a la que dignó a escribirle esa carta consuelo derramaba lágrimas de agradecimiento y rogaba a Dios por él.

4 de enero

Acabo de pasar una serie de días muy dolorosos. Ignoraba que el cuerpo pudiera sufrir tanto. ¡Ah, mi vida pasada! La estoy pagando al doble.

Permanecieron junto a mi lecho todas las noches. Ya no podía respirar. El delirio y la tos se repartían el resto de mi pobre existencia.

El comedor de mi casa está lleno de caramelos, de regalos de toda clase que me han traído mis amigos. Sin duda, entre esas personas algunas esperan que más tarde sea su amante. Si vieran lo que la enfermedad ha hecho conmigo, huirían espantados.

Prudence da los aguinaldos con el dinero que yo recibo.

Es temporada de heladas y el médico me dijo que en unos días podría salir de aquí si continúa el buen tiempo.

8 de enero

Ayer salí en mi coche. El tiempo era magnífico. Campos Elíseos estaba abarrotado; se diría que era la primera sonrisa de la primavera. Todo a mi alrededor era festivo. Nunca sospeché que yo pudiera encontrar tanta alegría, tanta dulzura y consuelo en un rayo de sol.

He visto a casi todas las personas que conozco; todas alegres, todas dedicadas a sus placeres. ¡Cuánta gente feliz no sabe que lo es! Olympe pasó en un coche elegante que le dio el señor de N. y trató de insultarme con la mirada. No sabe lo alejada que estoy de todas esas vanidades. Un buen chico que conozco desde hace mucho tiempo me preguntó si quería ir a cenar con él y uno de sus amigos que, dijo, tenía muchos deseos de conocerme.

Sonreí con tristeza y le tendí mi mano ardiente de fiebre. Nunca había visto un rostro tan asombrado.

Regresé a las cuatro y cené con mucho apetito. Esa salida me hizo bien. ¡Si me curara!

¡Cómo es que el aspecto de la vida y la felicidad de los demás nos infunde el deseo de vivir a quienes, la víspera, en la soledad de su alma y a la sombra de su habitación de convaleciente, esperan morir pronto!

10 de enero

Esa esperanza de salud no fue más que un sueño. Vuelvo a estar postrada en cama, con el cuerpo cubierto de cataplasmas que me queman. ¡Anda, ve a ofrecer ese cuerpo que tan caro pagaban antes y sabrás lo que te darán hoy por él!

Debimos haber hecho mucho mal antes de nacer o gozar de una gran felicidad después de nuestra muerte para que Dios permita que esta vida tenga todas las torturas de la expiación y todos los dolores de la adversidad.

12 de enero

Sigo sufriendo.

Ayer me envió dinero el conde de N. y no lo acepté. No quiero nada de ese hombre. Él es el motivo por el que usted no está a mi lado.

¡Ah!, ¿dónde están nuestros hermosos días en Bougival?

Si salgo viva de esta habitación, será para hacer un peregrinaje a la casa donde vivíamos juntos, pero solo saldré muerta.

¿Quién sabe si le escribiré mañana?

25 de enero

Ya son once noches que no duermo, me ahogo y creo a cada instante que me voy a morir. El médico ordenó que no me dejen tocar una pluma. Julie Duprat, quien me cuida, todavía me permite que le escriba estas líneas. ¿No volverá antes de que muera? ¿Entre nosotros todo está terminado por la eternidad? Me parece que, si viniera, me curaría. Aunque... ¿para qué curarme?

28 de enero

Esta mañana me despertó un gran ruido. Julie, que dormía en mi recámara, salió corriendo al comedor. Escuché voces de hombres, contra las que la suya luchaba en vano. Regresó llorando.

Venían a embargar. Le dije que les dejara hacer lo que ellos llaman justicia. El ujier entró a mi recámara sin quitarse el sombrero. Abrió los cajones, anotó todo lo que vio; no pareció darse cuenta de que había una moribunda en la cama que, por fortuna, la caridad de la ley no confiscó.

Antes de marcharse, me informó que podía presentar una apelación antes de nueve días, ¡y dejó a un guardia! Dios mío, ¿qué va a ser de mí? Esta escena me enfermó aún más. Prudence quería pedirle dinero al amigo de su padre, pero me opuse.

Esta mañana recibí su carta; la necesitaba. ¿Le llegará a tiempo mi respuesta? ¿Volverá a verme? Este es un día feliz que me hace olvidar las últimas seis semanas. Me parece que estoy mejor, a pesar del sentimiento de tristeza bajo cuya impresión le he contestado. Después de todo, no siempre vamos a ser desdichados.

¡Cuando pienso que es posible que no muera, que usted vuelva, que veré la primavera de nuevo, que aún me ame y volvamos a empezar nuestra vida del año pasado! ¡Qué locura! Si con dificultad puedo sostener la pluma con la que le escribo este sueño insensato de mi corazón.

Pase lo que pase, lo quise de verdad, Armand, y habría muerto hace ya mucho tiempo si no me hubiera ayudado el recuerdo de ese amor y la vaga esperanza de volver a tenerlo a mi lado.

4 de febrero

El conde de G. volvió. Su amante lo engañó y está muy triste, la quería mucho. Vino a contármelo. Al pobre chico le va muy mal en sus negocios, lo que no impidió que le pagara a mi ujier y despidiera al guardia.

Le hablé de usted y me prometió hablarle de mí. ¡Cómo olvidaba yo en esos momentos que había sido su amante y cuánto trataba él de hacérmelo olvidar también! Tiene un buen corazón.

El duque mandó preguntar por mí ayer y vino esta mañana. No sé qué es lo que aún le permite vivir a ese viejo. Se quedó tres horas conmigo y no me dijo ni veinte palabras. Dos gruesas lágrimas cayeron de sus ojos cuando me vio tan pálida.

Sin duda el recuerdo de su hija era lo que lo hacía llorar; la verá morir de nuevo. Está encorvado, su cabeza se inclina hacia el suelo, su labio cuelga, su mirada está apagada. La edad y el dolor pesan doble en ese cuerpo exhausto. No me hizo reproches; incluso diría que se alegraba en secreto de los estragos que me había provocado la enfermedad. Parecía orgulloso de estar de pie mientras yo, aún joven, me encontraba deshecha por el sufrimiento.

Ha vuelto el mal tiempo. Nadie viene a verme. Julie permanece a mi cabecera; Prudence, a quien ya no puedo darle tanto dinero como antes, empieza a valerse de pretextos para alejarse.

Ahora que estoy al borde de la muerte, a pesar de lo que me dicen los médicos, puesto que tengo varios y eso demuestra que la enfermedad aumenta, casi lamento haber escuchado a su padre; si hubiera sabido que no le quitaría más de un año a su porvenir, no hubiera resistido el deseo de pasar ese año con usted, y al menos moriría sujetando la mano de un amigo. Aunque es cierto que si hubiéramos vivido juntos ese año, no hubiera muerto tan pronto. ¡Hágase la voluntad de Dios!

5 de febrero

¡Oh! Venga, venga, Armand. Es horrible lo que sufro, voy a morir, Dios mío. Ayer estaba tan triste que quise pasar la noche fuera de mi casa, que prometía ser larga como la víspera. El duque vino en la mañana. Me parece que ver a ese anciano olvidado por la muerte me hace morir más pronto.

A pesar de la alta fiebre que me abrasaba, pedí que me vistieran y me llevaran al Vaudeville. Julie me puso colorete, de lo contrario hubiera parecido un cadáver. Fui a ese palco en el que le di a usted nuestra primera cita; no aparté la vista de la butaca que usted ocupaba esa noche y que ayer ocupaba una suerte de patán que reía muy fuerte de todas las tonterías que decían los actores. Me llevaron medio muerta a casa. Tosí y escupí sangre toda la noche. Hoy ya no puedo hablar, apenas puedo mover los brazos. ¡Dios mío! ¡Dios mío! Voy a morir. Lo esperaba, pero no puedo hacerme a la idea de sufrir más de lo que ya sufro ahora, y si…

***

A partir de esa palabra, los pocos caracteres que Marguerite intentó trazar eran ilegibles y fue Julie Duprat quien continuó.

***

18 de febrero

Señor Armand:

Desde el día en que Marguerite quiso ir al espectáculo no ha hecho más que empeorar. Perdió la voz por completo y luego el uso de sus miembros. Lo que sufre nuestra pobre amiga es imposible de describir. No estoy acostumbrada a este tipo de emociones y mis temores son continuos.

¡Cómo quisiera que estuviera a nuestro lado! Ella delira casi todo el tiempo, pero, delirante o lúcida, siempre pronuncia su nombre cuando es capaz de decir una palabra.

El médico me dijo que no le queda mucho tiempo. Desde que está tan enferma, el viejo duque no ha vuelto. Le dijo al doctor que ese espectáculo le daba mucha pena.

La señora Duvernoy no se porta bien. Esa mujer, que creía que iba a sacar más dinero de Marguerite, a expensas de quien vivía casi por completo, ha adquirido compromisos que no puede cumplir y, al ver que su vecina ya no le sirve para nada, ya ni siquiera viene a verla. Todo el mundo la abandona. El señor de G., acosado por sus deudas, se vio obligado a regresar a Londres. Al marcharse nos envió un poco de dinero; hizo todo lo pudo, pero han venido de nuevo a embargar y los acreedores solo esperan la muerte para realizar la subasta.

Quise utilizar mis últimos recursos para evitar el embargo, pero el ujier me dijo que era inútil y que aún quedaban otros juicios pendientes de ejecución. Puesto que ella va a morir, más vale abandonar todo que salvarlo para su familia, a quien no quiso ver y que jamás la ha amado. No puede usted imaginar entre qué miseria dorada fallece la pobre chica. Ayer no teníamos ni un centavo. Los cubiertos, las joyas, las cachemiras, todo está empeñado; el resto fue vendido o embargado. Marguerite aún está consciente de lo que pasa a su alrededor y sufre en su cuerpo, en su espíritu y en el corazón. Gruesas lágrimas corren por sus mejillas, tan demacradas y pálidas que usted, si la viera ahora, ya no reconocería el rostro de aquella a quien tanto amó. Me hizo prometerle que le escribiría cuando ella ya no pudiera hacerlo, y lo hago frente a ella. Dirige sus ojos hacia mí, pero no puede verme; su mirada está ya nublada por la muerte próxima. Sin embargo, sonríe y todo su pensamiento, toda su alma son para usted, estoy segura.

Cada vez que se abre la puerta, sus ojos brillan y siempre cree que es usted quien entrará; luego, cuando ve que no se trata de usted, su rostro retoma la expresión dolorosa, se enjuga el sudor de la frente y los pómulos se tiñen de púrpura.

19 de febrero, medianoche

¡Qué día tan triste el de hoy, mi pobre señor Armand! Esta mañana Marguerite se ahogaba; el médico le hizo una sangría y recuperó un poco la voz. Le aconsejó que llamara a un sacerdote. Ella dijo que estaba de acuerdo y él mismo fue a buscar a un cura a San Roque.

Entre tanto, Marguerite me llamó a su cabecera, me pidió abrir su armario y luego me señaló un gorro, un camisón todo cubierto de encaje y me dijo con voz débil:

—Voy a morir después de confesarme; después me vestirás con esas cosas, es la coquetería de una moribunda. —Me abrazó entre lágrimas y añadió—: Puedo hablar, pero me ahogo cuando lo intento. ¡Me ahogo!, ¡aire!

Deshecha en lágrimas, abrí la ventana y, unos instantes después, entró el sacerdote. Fui a recibirlo.

Cuando supo en casa de quién estaba, pareció temer que fuera mal recibido.

—Entre sin miedo, padre —le dije.

Se quedó poco tiempo en la recámara de la enferma y al salir me dijo:

—Ha vivido como pecadora, pero morirá como cristiana.

Un momento más tarde, regresó acompañado de un monaguillo que llevaba una cruz y de un sacristán que caminaba frente a ellos, tocando una campanilla para anunciar que Dios venía a casa de la moribunda.

Los tres entraron en este dormitorio en el que, otrora, resonaron tantas palabras extrañas y que, en aquel momento, no era más que un tabernáculo sagrado.

Caí de rodillas. No sé cuánto tiempo perdurará la impresión que me produjo ese espectáculo, pero creo que, hasta que yo llegue al mismo momento, no habrá cosa humana que me impresione tanto.

El sacerdote ungió los pies, las manos y la frente de la moribunda con los santos óleos, recitó una breve oración y Marguerite estuvo lista para ir al cielo, adonde sin duda irá si Dios vio las adversidades de su vida y la santidad de su muerte.

Durante todo ese tiempo, ella no dijo ni una sola palabra ni hizo ningún movimiento. De no haber escuchado el esfuerzo de su respiración, la hubiera creído veinte veces muerta.

20 de febrero, cinco de la tarde

Todo ha terminado.

Marguerite entró en agonía esta noche, aproximadamente a las dos. Nunca un mártir ha sufrido semejantes torturas, a juzgar por los gritos que lanzaba. Dos o tres veces se incorporó por completo en su cama, como si quisiera aferrarse a la vida que se elevaba hacia Dios.

Dos o tres veces también pronunció su nombre, para luego callar y caer, agotada, en su cama. Lágrimas silenciosas brotaron de sus ojos y luego murió.

Entonces, me acerqué a ella, la llamé y, como no respondía, le cerré los ojos y le di un beso en la frente.

Pobre, querida Marguerite, hubiera querido ser una santa para que ese beso te encomendara a Dios.

La vestí como ella me había rogado hacerlo, fui a buscar al sacerdote de San Roque, encendí dos velas por ella y recé durante una hora en la iglesia. Les di a los pobres el dinero que era de ella.

No entiendo mucho de religión, pero pienso que el buen Dios reconocerá que mis lágrimas eran reales; mi plegaria, ferviente; mi limosna, sincera; y que tendrá piedad de ella que, al morir joven y bella, solo me tuvo a mí para cerrarle los ojos y sepultarla.

22 de febrero

Hoy fue el entierro. Muchos amigos de Marguerite vinieron a la iglesia. Algunos lloraban con sinceridad. Cuando el cortejo tomó el camino de Montmartre, solo dos hombres iban detrás: el conde de G., quien había venido expresamente de Londres; y el duque, quien caminaba ayudado por dos criados.

Le escribo todo esto desde la casa de ella, en medio de mis lágrimas y frente a la lámpara que arde tristemente junto a una cena que no toqué, como puede imaginar, pero que Nanine me preparó porque hace veinticuatro horas que no he comido.

Mi vida no podrá conservar durante mucho tiempo estas tristes impresiones, ya que mi vida no me pertenece más que la que la suya pertenecía a Marguerite; por eso le doy todos los detalles en los mismos lugares en los que sucedieron, por miedo a no poder contárselos con toda su triste exactitud si pasa mucho tiempo entre ellos y su regreso.

Capítulo XXVII

—¿La leyó? —me preguntó Armand cuando terminé la lectura del manuscrito.

—¡Comprendo lo que debió sufrir, amigo mío, si todo lo que leí es verdad!

—Mi padre me lo confirmó en una carta.

Platicamos un poco más del triste destino que acababa de cumplirse y regresé a mi casa para descansar un poco.

Armand, aún triste, pero algo aliviado por el relato de esta historia, se restableció rápido y juntos fuimos a visitar a Prudence y a Julie Duprat.

Prudence acababa de entrar en bancarrota. Nos dijo que Marguerite era la causa; que, durante su enfermedad, le había prestado mucho dinero por el que ella había firmado pagarés por los que no pudo responder, ya que Marguerite murió sin devolverle el dinero y sin haberle dado recibos con los que ella pudiera presentarse como acreedora.

Con ayuda de esa fábula, que la señora Duvernoy relataba por todas partes para disculparse de sus malos negocios, obtuvo de Armand un billete de mil francos, aunque él no le creyera, pero que fingió creer, de tanto respeto por todo lo que estaba relacionado con su amante.

Luego llegamos a casa de Julie Duprat, quien nos contó los tristes sucesos de los que fue testigo; derramó lágrimas sinceras al recordar a su amiga.

Por último, fuimos a la tumba de Marguerite, sobre la que los primeros rayos de sol de abril hacían brotar las primeras hojas.

A Armand le quedaba un último deber que cumplir: ir a ver a su padre. Esta vez también quiso que lo acompañara.

Llegamos a C., donde vi al señor Duval, quien era tal como lo había imaginado según el retrato que de él me había hecho su hijo: grande, digno, benévolo.

Le dio la bienvenida a Armand con lágrimas de felicidad y me estrechó la mano con afecto. Enseguida me di cuenta de que, en él, el sentimiento paterno era el que dominaba todos los demás.

Su hija, Blanche, tenía una transparencia en los ojos y la mirada; una serenidad en la boca que demostraba que el alma no concibe más que pensamientos santos y labios que no dicen más que palabras piadosas. La joven casta sonreía por el regreso de su hermano, ignorante y ajena al hecho de que una cortesana había sacrificado su felicidad con solo invocar su nombre.

Me quedé un tiempo con esta familia feliz, que se dedicaba por completo a quien llevaba con él la convalecencia de su corazón.

Regresé a París, donde escribí esta historia tal cual me la habían relatado. Tiene un solo mérito que quizá podría ser cuestionado: que sea verdadera.

De esta narración no saco la conclusión de que todas las chicas como Marguerite son capaces de hacer lo que ella hizo ni mucho menos, pero supe que una de ellas había experimentado en su vida un amor serio, que sufrió y que había muerto. Le conté al lector lo que sabía. Era mi deber.

No soy el apóstol del vicio, pero haré eco de la noble desgracia dondequiera que la oiga implorar.

La historia de Marguerite es una excepción, repito; pero si hubiera sido una generalidad, no habría valido la pena escribirla.

AUSTRAL SINGULAR reúne las obras más emblemáticas de la literatura universal en una edición única.

TÍTULOS DE LA COLECCIÓN:

Las mil y una noches
Emma, Jane Austen
Orgullo y prejuicio, Jane Austen
Persuasión, Jane Austen
Las flores del mal, Charles Baudelaire
Crónicas marcianas, Ray Bradbury
Agnes Grey, Anne Brontë
Jane Eyre, Charlotte Brontë
Cumbres borrascosas, Emily Brontë
Don Quijote de la Mancha, Miguel de Cervantes
El corazón de las tinieblas, Joseph Conrad
¿Sueñan los androides con ovejas eléctricas?, Philip K. Dick
Canción de Navidad y otros cuentos, Charles Dickens
Grandes esperanzas, Charles Dickens
Crimen y castigo, Fiódor M. Dostoievski
El gran Gatsby, Francis Scott Fitzgerald
Madame Bovary, Gustave Flaubert
Romancero gitano, Federico García Lorca
Fausto, Goethe
Ilíada, Homero
Odisea, Homero
La metamorfosis y otros relatos de animales, Franz Kafka

El fantasma de la Ópera, Gaston Leroux
En las montañas de la locura, H. P. Lovecraft
Mujercitas, Louisa May Alcott
Moby Dick, Herman Melville
Veinte poemas de amor y una canción desesperada, Pablo Neruda
1984, George Orwell
Los pazos de Ulloa, Emilia Pardo Bazán
Cuentos, Edgar Allan Poe
Un amor de Swann, Marcel Proust
Hamlet, William Shakespeare
Romeo y Julieta, William Shakespeare
Frankenstein, Mary Shelley
Rojo y negro, Stendhal
Drácula, Bram Stoker
Ana Karenina, Liev N. Tolstói
Guerra y paz, Liev N. Tolstói
La guerra de los mundos, H. G. Wells
El retrato de Dorian Gray, Oscar Wilde
La señora Dalloway, Virginia Woolf
Una habitación propia, Virginia Woolf

AUSTRAL